Elizabeth Gaskell

Sechs Wochen in Heppenheim

ins Deutsche übertragen
von
Christina Neth

Elizabeth Gaskell (1810 – 1865) war eine englische Schriftstellerin der Viktorianischen Ära. Sie schrieb fünf Romane, eine Reihe von Kurzgeschichten und eine Biografie ihrer Freundin Charlotte Brontë. In Großbritannien erfreuen sich ihre Werke nach wie vor großer Beliebtheit und einige davon wurden von der BBC verfilmt. Im deutschsprachigen Raum ist Gaskell weitaus weniger bekannt, da noch nicht alle ihre Veröffentlichungen auf Deutsch erhältlich sind.

Christina Neth, Übersetzerin mit Zusatzausbildung im Multimediabereich, war bereits in verschiedenen mittelständischen Unternehmen in Deutschland im Marketing tätig. Von Elizabeth Gaskell übersetzte sie bisher den Roman »North and South« (als »Norden und Süden«) ins Deutsche. Ihr erstes selbst verfasstes Sachbuch erschien unter dem Titel »Öl im Getriebe – Basiswissen für Führungskräfte« ebenfalls bei Books on Demand.

Elizabeth Gaskell

Sechs Wochen in Heppenheim

ins Deutsche übertragen
von
Christina Neth

Bibliografische Information der Deutschen Nationalbibliothek: Die Deutsche Nationalbibliothek verzeichnet diese Publikation in der Deutschen Nationalbibliografie; detaillierte bibliografische Daten sind im Internet über http://dnb.dnb.de abrufbar.

Titel der Originalausgabe: »Six Weeks at Heppenheim« (1862)

1. Auflage 2016
© der deutschsprachigen Ausgabe: 2016 Christina Neth

Umschlagfoto: Museum für Stadtgeschichte und Volkskunde, Heppenheim an der Bergstraße

Herstellung und Verlag: BoD – Books on Demand, Norderstedt

ISBN: 978-3-7412-1123-2

Inhaltsverzeichnis

Vorwort.. 7

Sechs Wochen in Heppenheim... 9

Schauplatz der Geschichte:
Der Gasthof »Halber Mond« in Heppenheim............... 64

Heppenheim, die romantische Kreis-, Wein- und
Festspielstadt an der Bergstraße..................................... 66

Quellenverzeichnis.. 70

Verzeichnis der Anmerkungen.. 71

Vorwort

Liebe Leserin, lieber Leser,

Elizabeth Gaskell schrieb außer fünf Romanen auch eine Reihe von Kurzgeschichten. Manche davon verfolgen eher den Zweck der Vermittlung christlicher Werte, andere mehr jenen der Unterhaltung. »Sechs Wochen in Heppenheim« ist sehr unterhaltsam und lässt ganz nebenbei durchblicken, worauf wir nach Meinung der Verfasserin hören sollten: auf die Stimme unseres Herzens.

Wie kommt es nun, dass diese Geschichte aus der Feder einer viktorianischen Autorin an der deutschen Bergstraße spielt? Elizabeth Gaskell reiste sehr gern, und wenn es ihr Budget erlaubte, ging sie ins europäische Ausland. Zudem waren Bildungsreisen damals unter jenen, die es sich leisten konnten, in Mode. Heidelberg und den Odenwald besuchte Gaskell mehr als einmal, was ihre Ortskenntnis und ihr Wissen über deutsche Sitten erklärt. Wie liebevoll sie die Charaktere und die Landschaft beschreibt, lässt uns erahnen, dass ihr diese Gegend sehr ans Herz gewachsen sein muss.

In Deutschland hatte sich in der ersten Hälfte des 19. Jahrhunderts die Novelle als Erzählform etabliert. Mit »Sechs Wochen in Heppenheim« folgte Gaskell nicht nur dem schriftstellerischen Trend, diese Prosaform zu imitieren, sondern sie schuf auch inhaltlich eine durch und durch deutsche Geschichte.

Da ich im Odenwald aufwuchs und meine Heimat nach wie vor liebe, kann ich Ihnen nur empfehlen, sich von dieser schönen Erzählung zu einem Urlaub dort inspirieren zu lassen.

Aber zunächst viel Spaß beim Lesen!
   Ihre
      Christina Neth

Sechs Wochen in Heppenheim

Nachdem ich Oxford verlassen hatte, beschloss ich, einige Monate auf Reisen zu gehen, ehe ich meinen festen Platz im Leben einnehmen würde. Mein Vater hatte mir ein paar tausend Pfund hinterlassen, aus denen sich ein hinreichend großes Einkommen ergeben würde, um alle unerlässlichen Erfordernisse einer Anwaltsausbildung zu bestreiten, wie zum Beispiel eine Unterkunft in einem ruhigen Teil Londons, Gebühren und die Vergütung für den angesehenen Rechtsanwalt, bei dem ich studieren sollte. Aber darüber hinaus würde nicht viel für Luxusgüter oder Vergnügungen übrigbleiben, und da ich beim Verlassen des College ziemlich verschuldet war, weil ich auf meine Einkünfte vorgegriffen hatte, und die Ausgaben meiner Reise aus meinem Vermögen bestritten werden mussten, legte ich fest, dass sie fünfzig Pfund nicht überschreiten sollten. Solange mir diese Summe reichen würde, würde ich im Ausland bleiben; wenn sie ausgegeben sein würde, sollte mein Urlaub zu Ende sein und ich würde zurückkehren und mich irgendwo in der Umgebung des Russell Square niederlassen, um in der Nähe von Mr. Millers Kanzlei in Lincoln's Inn zu sein. Ich musste einen Tag lang in London warten, während mein Pass ausgestellt wurde, und ich sah mir die Straßen, in denen ich zu leben beabsichtigte, genauer an. Ich hatte sie mir nach eingehender Betrachtung eines Stadtplans als vorteilhaft ausgesucht, und das waren sie auch, wenn ich sie rein verstandesmäßig beurteilte. Doch auf jemanden, der auf dem Land aufgewachsen war und der gerade die schöne Straßenarchitektur Oxfords hinter sich gelassen hatte, wirkte ihr Anblick sehr deprimierend. Der Gedanke, auf Jahre hinaus in solch einem eintönigen, grauen Stadtviertel zu leben, verstärkte mein Bestreben, meinen Urlaub dadurch zu verlängern, dass ich jegliche Sparmaßnahme ergreifen würde, die meine fünfzig Pfund würden strecken können. Ich glaubte, es bewerkstelligen zu können, dass sie mir für mindestens hundert Tage reichen würden. Ich war gut zu Fuß und nicht besonders verwöhnt, was Unterkunft oder Verpflegung anging. Meine Deutsch- und Französischkenntnisse waren auf dem höchsten Niveau, das ein Engländer ohne Reiseerfahrung erreichen kann. Und ich war entschlossen, jene teuren Hotels zu meiden, in denen meine Landsleute verkehrten.

Diese Angaben zu meiner eigenen Person habe ich gemacht, um zu erklären, wie ich auf die kleine Geschichte stieß, die ich hier festhalten werde, mit der ich aber nicht viel zu tun hatte – meine Rolle darin war nicht viel mehr als die eines mitfühlenden Zuschauers. Ich war durch Frankreich in die Schweiz gereist, wo ich mich mit dem Wandern übernommen hatte, und ich war auf dem Heimweg, als ich eines Abends zu dem Dorf Heppenheim an der Bergstraße kam. Den ganzen Morgen war ich durch die schmutzige Stadt Worms geschlendert und hatte in einem dreckigen Hotel zu Mittag gegessen; und danach hatte ich den Rhein überquert und war durch Lorsch nach Heppenheim gegangen. Ich war unnatürlich müde und matt, als ich mich die grob gepflasterte und unregelmäßige Dorfstraße zu dem Gasthof, den man mir empfohlen hatte, hinaufschleppte. Es war ein großes Gebäude mit einem grünen Hof davor. Eine grimmig, aber peinlich sauber wirkende Wirtin empfing mich und führte mich in einen großen Raum, in dem ein Esstisch stand, der, obwohl an ihm dreißig bis vierzig Gäste Platz gehabt hätten, nur bis zur Mitte des Speisesaals reichte. An beiden Enden des Saals waren Fenster; zwei davon sahen auf die Hausfront hinaus, auf welcher bereits die Schatten des Abends lagen; eines der beiden gegenüberliegenden war eine Tür, durch die man in einen großen Garten voller beschnittener Obstbäume und Gemüsebeete gelangte, zwischen denen Rosenbüsche und andere Blumen wuchsen – scheinbar, weil man sie gewähren ließ, nicht weil man sie dort gepflanzt hatte. Es stand je ein Ofen an beiden Enden des Saales, der, wie ich vermute, ursprünglich in zwei Räume aufgeteilt gewesen war. Die Tür, zu der ich hereingekommen war, befand sich genau in der Mitte, und ihr gegenüber gab es eine zweite, die zu einem großen Schlafzimmer führte, das mir meine Wirtin als mein Schlafquartier für die Nacht zeigte.

Auch wenn der Ort sehr viel weniger sauber und einladend gewesen wäre, wäre ich dort geblieben; ich war beinahe selbst überrascht über meine Trägheit; sobald ich einmal in den letzten warmen Strahlen der tiefstehenden Sonne am Gartenfenster saß, war mir nicht mehr danach, mich zu regen oder auch nur etwas zu sagen. Meine Wirtin hatte meine Bestellung für das Abendessen aufgenommen und mich dann allein gelassen. Die Sonne ging unter und mich fröstelte. Der riesige Raum sah kalt und kahl aus; die Dunkelheit brachte Schatten hervor, die mich verwirrten, da ich die Gegenstände, welche die Schatten warfen, nicht richtig erkennen konnte, nachdem meine Augen vom Starren in das purpurrote Licht so geblendet worden waren.

Jemand kam herein; es war die Magd, die alles für mein Abendessen vorbereiten sollte. Sie fing an, ein Ende des großen Tisches zu decken. Ganz in meiner Nähe stand ein kleinerer. Ich bot die verbleibende Kraft meiner Stimme auf, die ein wenig klang, als würde sie meiner Kontrolle entgleiten, und rief der Magd zu: »Kann ich an diesem Tisch hier zu Abend essen?«

Sie kam zu mir; das Licht fiel auf sie, während ich im Schatten saß. Sie war eine hochgewachsene junge Frau von feiner, kraftvoller Gestalt mit einem gefälligen Gesicht, das Güte und Vernunft ausdrückte und auch recht anmutig wirkte, obwohl der helle Teint vom Wetter gebräunt und gerötet war, sodass er viel von seiner Zartheit verloren hatte, und obgleich die Gesichtszüge – wie ich später reichlich Gelegenheit zu beobachten hatte – alles andere als ebenmäßig waren. Jedoch hatte sie weiße Zähne und weit geöffnete blaue Augen – ernst wirkende Augen, die Tränen über vergangenen Kummer vergossen hatten – sehr dichtes hellbraunes Haar, das recht kunstvoll geflochten und mit zwei großen silbernen Nadeln hochgesteckt war. Das war alles – vielleicht mehr als alles – was ich an jenem ersten Abend bemerkte. Sie begann, den Tisch dort zu decken, wo ich es angeordnet hatte. Ein Schauer überkam mich. Sie sah mich an und sagte dann: »Dem Herrn ist kalt. Soll ich den Ofen anzünden?«

Etwas irritierte mich – normalerweise bin ich nicht so ungeduldig; es waren die ersten Anzeichen einer ernsten Krankheit. Es missbehagte mir, so viel Aufmerksamkeit auf mich zu ziehen. Ich glaubte, dass mich das Essen wiederherstellen würde, und wollte nicht, dass meine Mahlzeit durch irgend etwas verzögert wurde, was, wie ich fürchtete, durch das Anzünden des Ofens geschehen wäre; vor allem aber empfand ich eine fieberhafte Abneigung gegen Bewegungen. Ich antwortete kurz und scharf: »Nein. Bringen Sie rasch das Essen. Das ist alles, was ich will.«

Ihre ruhigen, traurigen Augen begegneten für einen Moment meinen; aber ich sah keine Veränderung in ihrem Ausdruck, so als ob ich sie mit meiner Unhöflichkeit verärgert hätte: ihre Miene verlor keinen Augenblick lang ihre Ausstrahlung geduldiger Vernunft, und das ist so ziemlich alles, was ich von Thekla an jenem ersten Abend in Heppenheim in Erinnerung behalten habe.

Ich gehe davon aus, dass ich mein Abendessen zu mir nahm oder es jedenfalls versuchte; und ich muss zu Bett gegangen sein, denn Tage später wurde ich mir dessen bewusst, dort zu liegen, schwach wie ein Neugeborenes und mit dem Gefühl, in allen meinen matten Gliedern Schmerzen gehabt zu haben. Wie es der Fall ist, wenn man sich von einem Fieber erholt, hat man keinen Antrieb, die Tatsachen miteinander zu verknüpfen oder gar ihre Ursachen zu ergründen; und so machte ich mir nicht die Mühe, mir ins Gedächtnis zu rufen, wie es kam, dass ich in jenem seltsamen Bett in jenem großen, halb eingerichteten Raum lag, in welchem Haus sich dieser Raum befand, in welcher Stadt oder in welchem Land. Zu dem Zeitpunkt war es für mich sehr viel wichtiger, herauszufinden, welches das bekannte Kraut war, das den sauberen, groben Betttüchern, in denen ich lag, ihren Duft verlieh. Allmählich dehnte ich meine Beobachtungen aus, wobei ich mich ganz auf die Gegenwart beschränkte. Jemand musste sich gut um mich gekümmert haben und auch erst vor kurzem, denn das Fenster war verdunkelt, sodass die Morgensonne daran gehindert wurde, auf das Bett zu scheinen; man hörte das Knistern frischen Feuerholzes in dem großen weißen Kachelofen, der vor nicht allzu langer Zeit aufgefüllt worden sein musste.

Wenig später wurde die Tür langsam geöffnet. Ich kann nicht sagen, warum, aber ich hatte den Impuls, meine Augen zu schließen, so als ob ich noch schliefe. Doch ich konnte durch meine scheinbar geschlossenen Augenlider sehen. Herein kamen zwei Männer, die auf Zehenspitzen gingen, deren langsame Behutsamkeit jedoch ihr Ziel verfehlte. Der erste war zwischen dreißig und vierzig Jahren alt und in der Tracht eines Schwarzwälder Bauern gekleidet – mit altmodischem Mantel und Kniebundhose aus dickem blauen Stoff, der aber von durch und durch guter Qualität war. Ihm folgte ein älterer Mann, dessen Kleidung zwar im Hinblick auf Schnitt und Farbe (sie war ganz schwarz) mehr vorstellte, davon abgesehen aber – wie ich in der Folgezeit oft beobachten konnte – abgetragen war.

Ihre ersten Sätze in geflüstertem Deutsch verrieten mir, wer sie waren: der Wirt des Gasthauses, in dem ich wie ein hilfloser Klotz lag, und der Dorfarzt, der herbeigerufen worden war. Letzterer fühlte mir den Puls und nickte mehrmals billigend. Ich hatte instinktiv gewusst, dass ich auf dem Wege der Besserung war, und machte mir nicht viel aus seiner Bestätigung; doch dem Wirt schien sie echte Freude zu bereiten, denn die Pantomime, mit der er dem Arzt die Hand schüttelte, drückte solche Dankbarkeit aus, als wäre ich sein Bruder gewesen. Es fielen einige leise Bemerkungen und dann wurde eine Frage gestellt, auf die mein Gastwirt anscheinend keine Antwort geben konnte. Er verließ das Zimmer und kam ein oder zwei Minuten später von Thekla gefolgt zurück, die vom Arzt befragt wurde und mit einer ruhigen Klarheit antwortete, an der man ablesen konnte, mit welcher Sorgfalt sie die Einzelheiten meiner Krankheit beobachtet hatte. Dann ging sie aus dem Zimmer, und als ob jede Minute dazu beigetragen hätte, meinem Gehirn seine Kombinationsfähigkeit zurückzugeben, hatte ich plötzlich die Eingebung, meine Augen zu öffnen und in dem besten Deutsch, dessen ich fähig war, nach dem Datum zu fragen; nicht, dass ich mich an den genauen Tag meiner Ankunft in Heppenheim erinnert hätte, aber ich wusste, dass es ungefähr Anfang September gewesen war.

Wieder gab der Arzt seinem Gefühl höchster Zufriedenheit Ausdruck, indem er rasch und wortlos mehrmals hintereinander nickte; und dann erwiderte er zu meiner großen Überraschung in bedächtigem, aber passablem Englisch: »Wir haben den 29. September, junger Mann. Sie müssen dem lieben Gott danken! Ihr Fieber hat seinen Verlauf über einundzwanzig Tage genommen. Nun müssen Geduld und Pflege praktiziert werden. Der gute Wirt und sein Haushalt werden sich um die Pflege kümmern; Sie müssen die Geduld haben. Wenn Sie Verwandte in England haben, werde ich mich bemühen, sie über Ihren Gesundheitszustand zu informieren.«

»Ich habe keine nahen Verwandten«, sagte ich und fing in meiner Schwachheit an zu weinen, als ich mich an die Zeit erinnerte (die mir wie ein Traum erschien), da ich Vater, Mutter, Schwester gehabt hatte.

»Scht, scht«, machte er; dann wandte er sich an den Hausherrn und sagte ihm auf Deutsch, er solle mir von Thekla eine ihrer guten Bouillons bringen lassen, wonach ich bestimmte Medikamente nehmen und so ungestört wie möglich schlafen sollte. Auf Tage hinaus, so fuhr er fort, würde man ständig über mich wachen und mir gewissenhaft zu essen geben müssen; alle zwanzig Minuten sollte ich kleine Mengen von etwas bekommen, entweder Wein oder Suppe.

In meinen umnebelten Geist drang der verschwommene Gedanke, dass sich mein vorangegangenes Haushalten mit meinen fünfzig Pfund durch das Inkaufnehmen langer Fußmärsche und karger Nahrung am Ende als sehr schlechte Sparsamkeit erweisen würde; doch meine Sinne erlagen meiner Schläfrigkeit, noch ehe ich meinen Gedanken ganz zu Ende spinnen konnte. Die Berührung eines Löffels an meinen Lippen weckte mich; es war Thekla, die mich fütterte. Auf ihrem süßen, ernsten Gesicht lag ein Ausdruck, der dem zärtlichen Blick einer Mutter ähnelte, während sie mir mit sanfter Geduld und größter Sorgfalt einen Löffel voll nach dem anderen gab – und dann schlief ich wieder ein. Als ich das nächste Mal aufwachte, war es Nacht; im Ofen brannte ein Feuer und das Knistern des Holzes hörte sich angenehm an, wenngleich ich nur die Umrisse und Ränder roter Flammen durch die Ritzen der kleinen Eisentür sehen konnte. Durch das vorhanglose Fenster zu meiner Linken war die feierliche violette Nacht zu sehen. Als ich mich ein wenig drehte, sah ich Thekla bei einem Tisch sitzen und eifrig an einem großen weißen Tisch- oder Betttuch nähen. Ab und zu hielt sie inne, um den Kerzendocht zu kürzen; manchmal fing sie sofort wieder mit dem Nähen an; aber ein- oder zweimal ließ sie ihre fleißigen Hände tatenlos in ihrem Schoß liegen und starrte in die Dunkelheit und war für ein paar Augenblicke tief in ihre Gedanken versunken. Diese Pausen endeten stets in einer Art aufschluchzendem Seufzen, dessen Laut sie wieder ins Bewusstsein zu rufen schien, und sie widmete sich ihrer Näharbeit noch emsiger als zuvor. Ich beobachtete sie mit dem Interesse eines Träumenden; ihre Geschäftigkeit bildete einen angenehmen Kontrast zu meiner Untätigkeit; sie schien mir die Empfindung meiner Ruhe zu versüßen. In jenem Moment war ich zu sehr auf meine Körperlichkeit reduziert, als dass ihr an traurige Erinnerungen gemahnender Blick oder ihr Seufzen mein Mitgefühl oder auch nur meine Neugier wirklich hätte wecken können.

Nach einer Weile zuckte sie leicht zusammen, schaute auf eine Uhr, die neben ihr auf dem Tisch lag, und kam leise zu mir ans Bett, wobei sie die Kerze mit einer Hand verdunkelte. Als sie meine offenen Augen sah, ging sie zu einem Napf, der oben auf dem Ofen stand, und gab mir Suppe zu essen. Währenddessen sagte sie nichts. Mir war halb bewusst, dass sie dies seit dem Besuch des Arztes viele Male getan hatte, wenn dies anscheinend auch das erste Mal war, dass ich völlig wach war. Sie griff mit dem Arm unter das Kissen, auf dem mein Kopf ruhte, und richtete mich ein klein wenig auf; sie stützte mich so fest, wie ein Mann es hätte tun können. Dann ging sie wieder an ihre Arbeit und ich schlummerte ein, ohne dass wir ein Wort gewechselt hätten.

Es war helllichter Tag, als ich wieder erwachte; ich konnte die sonnige Atmosphäre des Gartens draußen sehen, die sich durch die freien Stellen neben dem Tuch hereinstahl, das man aufgehängt hatte, um das Zimmer abzudunkeln – ein Tuch, von dem ich sicher war, dass es nicht dagewesen war, als ich in der Nacht das Fenster betrachtet hatte. Wie sachte sich meine Krankenschwester durchs Zimmer bewegt haben musste, während sie ihre gedankenvolle Tat vollbracht hatte!

Mein Frühstück wurde mir von meiner Wirtin gebracht, jener Frau, die mich bei meiner Ankunft in dieser gastfreundlichen Herberge empfangen hatte. Ich bin mir sicher, sie hatte die besten Absichten; aber ein Krankenzimmer war nicht der Ort für sie. Durch tausend kleine Ungeschicklichkeiten machte sie mich unerträglich nervös; ihre Schuhe knarrten, ihr Kleid raschelte; sie stellte mir Fragen zu meiner Person, die zu beantworten mich aufregte; sie beglückwünschte mich dazu, dass es mir so viel besser ging, während ich mich schwach fühlte aus Mangel an der Nahrung, deren Verabreichung sie aufschob, um mit mir zu reden. Mein Wirt war vernünftiger, als er hereinkam, obwohl seine Schuhe genauso knarrten wie ihre. Zu diesem Zeitpunkt war ich einigermaßen wiederbelebt und konnte ein wenig sprechen; außerdem wäre es ungehobelt gewesen, mich nicht endlich für all die Freundlichkeit, die man mir erwiesen hatte, zu bedanken.

»Es tut mir leid, dass ich Ihnen so viel Mühe bereitet habe«, sagte ich. »Ich kann nur sagen, dass ich wahrhaftig dankbar bin.«

Sein gutmütiges breites Gesicht wurde rot und er bewegte sich ein wenig unbehaglich.

»Ich wüsste nicht, wie ich es anders hätte machen können, als ich – als wir es gemacht haben«, erwiderte er in dem weichen Deutsch der Gegend. »Was wir tun konnten, haben wir gern getan; ich behaupte nicht, dass es ein Vergnügen war, denn um diese Jahreszeit haben wir am meisten zu tun, – aber andererseits«, sagte er und lachte ein wenig verschämt, so als ob er befürchtete, seine Äußerung sei vielleicht falsch verstanden worden, »nehme ich an, dass es für Sie auch kein Vergnügen war, so weit weg von zu Hause schwer krank zu werden.«

»Da haben Sie recht.«

»Eigentlich kann ich Ihnen jetzt auch sagen, dass wir uns Ihre Papiere und Kleider ansehen mussten. In erster Linie hätte ich gern Ihre Verwandten benachrichtigt, als Sie so krank waren, wenn ich nur einen Anhaltspunkt gefunden hätte; und außerdem brauchten Sie Nachtwäsche.«

»Und doch trage ich eines von Ihren Nachthemden«, sagte ich und berührte meinen Ärmel.

»Ja, mein Herr!« sagte er wiederum und wurde leicht rot. »Ich habe Thekla angewiesen, sie solle das beste aus der Truhe holen; aber Sie werden leider feststellen, dass es gröber ist als Ihre.«

Als einzige Antwort darauf konnte ich nur meine schwache Hand auf die große braune Pranke legen, die auf der Bettkante ruhte. Er drückte mich daraufhin plötzlich so fest, dass ich Angst um meine Knochen hatte.

»Bitte verzeihen Sie mir«, sagte er, als er den jähen Ausdruck des Schmerzes auf meinem Gesicht sah, den ich nicht unterdrücken konnte und den er falsch auslegte; »aber wenn man mitansieht, wie ein Mensch dem Schatten des Todes entflieht, weckt das in einem sehr freundschaftliche Gefühle für ihn.«

»Kein echter oder alter Freund, den ich habe, hätte mehr für mich tun können als Sie und Ihre Frau und Thekla und der gute Doktor.«

»Ich bin Witwer«, entgegnete er und drehte den großen Ehering, der seinen Mittelfinger zierte. »Meine Schwester führt mir den Haushalt und kümmert sich um die Kinder – das heißt, sie tut das mit der Hilfe von Thekla, dem Hausmädchen. Aber ich habe noch mehr Bedienstete«, fuhr er fort. »Ich bin wohlhabend – dem Herrn sei Dank! Ich besitze Land und Vieh und Weingärten. Bald ist die Zeit der Lese, dann müssen Sie gehen und sich meine Trauben ansehen, wenn sie ins Dorf gebracht werden. Ich habe auch eine Jagd im Odenwald; vielleicht werden Sie eines Tages stark genug sein, um mit mir Rehe schießen zu gehen.«

Sein gutes, treues Herz versuchte, mir das Gefühl zu geben, ein willkommener Gast zu sein. Einige Zeit später erfuhr ich von dem Arzt, dass er und mein Wirt – nachdem meine dürftigen fünfzig Pfund fast völlig ausgegeben waren – zu der Überzeugung gelangt waren, ich sei arm, da die notwendige Begutachtung meiner Kleider und Papiere so wenige Anzeichen von Reichtum zutage förderte. Doch ich selbst habe nur wenig mit meiner Geschichte zu tun; ich erwähne diese Dinge und gebe diese Gespräche lediglich wieder, um zu zeigen, was für ein treuherziger, gütiger, ehrlicher Mann mein Wirt war. Übrigens kann ich ihn von nun an ebenso gut bei seinem Namen nennen: Fritz Müller. Der Name des Arztes war Wiedermann.

Nach dieser Unterredung mit Fritz Müller war ich ziemlich müde; aber als Dr. Wiedermann kam, erklärte er, es gehe mir viel besser; und dieser Tag folgte ungefähr demselben Ablauf wie der vorangegangene: Gefüttertwerden, Stilldaliegen und Schlafen waren meine passiven und aktiven Beschäftigungen. Es war ein heißer, sonniger Tag, und ich sehnte mich nach frischer Luft. Diese steht zwar nicht im Arzneibuch eines deutschen Arztes, aber irgendwie bekam ich, was ich wollte. Während der Morgenstunden wurde das Fenster, durch das die Sonne hereinströmte – das Fenster, das zum vorderen Hof hinausging – ein wenig geöffnet; und durch es hindurch hörte ich die Geräusche des aktiven Lebens, was mir Vergnügen bereitete und mir Anregung gab. Das Gackern der Hühner, der Jubelschrei des Hahnes, wenn er den Schatz eines Korns gefunden hatte, die Bewegungen eines angebundenen Esels und das Gurren und Schwirren der Tauben, die sich auf dem Fenstersims niederließen, gaben mir gerade genug Stoff, um mein Interesse wachzuhalten. Ab und zu kam ein Karren oder eine Kutsche heraufgefahren – ich konnte sie die holprige Dorfstraße hochfahren hören, lange bevor sie am »Halben Mond«, dem Dorfgasthaus, anhielten. Dann folgten Geräusche des Laufens und Hastens im Haus; und jedes Mal rief man in scharfem, herrischem Ton nach Thekla. Von Zeit zu Zeit hörte ich auch die Schritte kleiner Kinder, und einmal musste ein Kind einen leichten Unfall gehabt oder sich wehgetan haben, denn ein schrilles, klagendes Stimmchen rief immer wieder aus: »Thekla, Thekla, liebe Thekla!« Nach den ersten frühen Morgenstunden, in denen sich meine Wirtin um meine Bedürfnisse kümmerte, war es dennoch immer Thekla, die zu mir kam, um mir meine Nahrung oder meine Medizin zu geben, die mein Zimmer aufräumte, die den Lichteinfall regelte, indem sie den provisorischen Vorhang entsprechend der wandernden Sonne weiterbewegte – und all das tat sie so ruhig und bedächtig, als hätte sie nichts anderes zu tun gehabt, als sich um mich zu kümmern. Ein- oder zweimal betrat meine Wirtin den großen Speisesaal (der zu meinem Zimmer führte) und rief Thekla in einem scharfen, beleidigten, gebieterischen Flüsterton von ihrer jeweiligen Beschäftigung in meinem Zimmer weg. Einmal, so erinnere ich mich, kam sie, um zu sagen, dass für das Bett eines fremden Gastes Bettwäsche benötigt wurde, und um zu fragen, wo sie, die Sprecherin, ihre Schlüssel hingelegt haben konnte – in einem so gereizten Ton, als ob Thekla für Fräulein Müllers Vergesslichkeit verantwortlich gewesen wäre.

Die Nacht brach herein, und die Geräusche der Tagesaktivitäten erstarben und wichen der Stille; die Stimmen der Kinder waren nicht mehr zu hören; die Hühner hatten alle ihre Schlafplätze aufgesucht; die Lasttiere waren wieder in ihren Ställen; und Reisende waren beherbergt worden. Dann kam Thekla sacht und leise ins Zimmer und nahm den ihr zugewiesenen Platz ein, nachdem sie alles in ihrer Macht Stehende getan hatte, um es mir bequem zu machen. Ich fühlte, dass mein Zustand es nicht erlaubte, dass man mich in all den beschwerlichen Stunden allein ließ, die zwischen Sonnenuntergang und -aufgang lagen; aber es beschämte mich, dass diese junge Frau, die während der ganzen vorangegangenen Nacht bei mir gewacht hatte (und nach allem, was ich weiß, in vielen Nächten davor) und die den ganzen Tag lang hart gearbeitet und sich – wie englische Bedienstete es ausdrücken würden – »die Hacken abgelaufen« hatte, zu mir kam und sich erneut um mich kümmerte. Und ich fühlte mich erleichtert, als ich sah, wie sich ihr Kopf nach vorn neigte, bis er schließlich auf ihren Armen ruhte, die auf die weiße Näharbeit gefallen waren, welche auf dem Tisch vor ihr ausgebreitet lag. Sie schlief – und ich schlief. Als ich erwachte, schlich sich die Morgendämmerung ins Zimmer und ließ das Lampenlicht verblassen. Thekla stand am Ofen, wo sie gerade die Bouillon zubereitete, die ich nach meinem Erwachen brauchen würde. Aber sie bemerkte meine halboffenen Augen nicht, obwohl ihr Gesicht dem Bett zugewandt war. Sie las einen Brief langsam durch, so als ob sie die Worte bereits kannte, sie jedoch von Neuem versuchte, sie auszulegen, um ihnen einen tieferen oder anderen Sinn zu entnehmen. Sie faltete ihn behutsam und bedächtig zusammen und steckte ihn mit den ihr eigenen ruhigen Bewegungen wieder in ihre Tasche. Dann sah sie geradeaus – nicht auf mich, sondern in eine Leere, die mit Erinnerungen angefüllt war; und während der Zauberer Szenen und Menschen hervorbrachte, die sie sah, die mir aber verborgen blieben, füllten sich ihre Augen mit Tränen – Tränen, die sich scheinbar fast unmerklich für sie selbst dort ansammelten – denn als ein großer Tropfen auf ihre Hände fiel (die sie im Stehen leicht vor sich hielt), zuckte sie ein wenig zusammen, wischte sich mit dem Handrücken über die Augen und kam dann ans Bett, um zu sehen, ob ich wach war. Wenn ich nicht Zeuge ihrer vorangegangenen Gefühlsregung gewesen wäre, hätte ich an ihrem Benehmen – ruhig und selbstbeherrscht wie üblich – niemals ablesen können, dass ihr insgeheim etwas Sorge oder Schmerz bereitete. Der Gedanke an diesen Brief verfolgte mich, insbesondere, da ich mehr als einmal, wenn ich in den darauffolgenden Nächten schlaflos oder wachsam war, entweder den Brief in ihren Händen sah oder den Verdacht hegte, dass sie ihn sich wieder angesehen hatte, da ich denselben sorgenvollen, verträumten Blick auf ihrem Gesicht bemerkte, wenn sie sich unbeobachtet fühlte. Höchstwahrscheinlich ist es jedem schon einmal aufgefallen, welche übertriebenen Dimensionen manche Ideen bekommen, wenn man an irgendeinem Ort, der einem keine visuelle oder gedankliche Abwechslung bietet, eingesperrt ist. Wegen dieses Briefes wurde ich tatsächlich ziemlich gereizt. Wenn ich ihn nicht sah, vermutete ich, dass er verborgen in ihrer Tasche lag. Was stand in ihm? Natürlich war es ein Liebesbrief; aber wenn dem so war, was störte den Verlauf ihrer Liebe? Während meiner Genesung wurde ich einem verwöhnten Kinde gleich; jeder, den ich zu dieser Zeit sah, dachte nur an mich, sodass es vielleicht kein Wunder war, dass meine Gedanken um mich selbst kreisten; und am Ende schien mir die Befriedigung meiner Neugier in Bezug auf diesen Brief eine Pflicht, die ich mir selbst schuldete. Solange meine ruhelose Wissbegierde unbefriedigt blieb, hatte ich das Gefühl, nicht gesund werden zu können. Aber gerechterweise muss ich sagen, dass es mehr als Wissbegierde war. Thekla hatte mich mitten in ihrem betriebsamen Alltag so behutsam und fürsorglich gepflegt wie eine Schwester. Oft konnte ich draußen die durchdringende Stimme des Fräuleins hören, wie sie ihr die Schuld daran gab, dass etwas missglückt war; aber ich hörte Thekla kaum etwas darauf antworten.

Ihr Name wurde von verschiedenen Leuten mehr oder weniger freundlich gerufen – häufiger, als ich zählen konnte, so als ob ihre Dienste in einem fort benötigt wurden; doch nie wurde ich vernachlässigt oder auch nur für längere Zeit unbeachtet gelassen. Der Arzt war freundlich und aufmerksam, mein Wirt liebenswürdig und wirklich großzügig; seine Schwester unterdrückte ihre raue Art, wenn sie in meinem Zimmer war; aber Thekla war diejenige unter ihnen, der ich mein Wohlergehen verdankte, wenn nicht gar mein Leben. Wenn ich etwas dafür hätte tun können, ihr den Weg zu ebnen (und ein wenig Geld kann in dieser urtümlichen Gegend Deutschlands eine große Hilfe sein), wie bereitwillig hätte ich es ihr gegeben? Und so fing ich eines Tages an (es war nicht mehr nötig, dass sie an meinem Bett wachte, aber sie brachte mein Zimmer in Ordnung, bevor sie mich über Nacht allein ließ): »Thekla«, sagte ich, »Sie sind nicht aus Heppenheim, nicht wahr?«

Sie sah mich an und wurde ein wenig rot.

»Nein. Warum fragen Sie?«

»Sie waren so gut zu mir, dass ich nicht anders kann, als mehr über Sie wissen zu wollen. Ich muss zwangsläufig an jemandem interessiert sein, der mir in meiner Krankheit so zur Seite gestanden hat wie Sie. Wo wohnen Ihre Freunde? Leben Ihre Eltern noch?«

Mit all dem zielte ich auf den Brief ab.

»Ich wurde in Altenahr geboren. Mein Vater hat dort einen Gasthof. Ihm gehört der ›Goldene Hirsch‹. Meine Mutter ist tot, und er hat wieder geheiratet und hat viele Kinder.«

»Und Ihre Stiefmutter ist unfreundlich zu Ihnen«, folgerte ich ziemlich überstürzt.

»Wer hat das behauptet?« fragte sie, wobei ihre Stimme leicht entrüstet klang. »Sie ist eine sehr gute Frau und meinem Vater eine gute Ehefrau.«

»Warum leben Sie dann hier, so weit weg von zu Hause?«

Nun zeigte sich auf ihrem Gesicht wieder dieser Blick, den ich dort während der nächtlichen Stunden gesehen hatte, wenn ich sie verstohlen betrachtet hatte; der würdevolle, offene Ausdruck ihrer Augen trübte sich, ihre Mundwinkel zitterten leicht. Doch alles, was sie sagte, war: »Es war besser so.«

Mit dem Eigensinn eines Kranken blieb ich irgendwie beharrlich. Jetzt schäme ich mich fast dafür.

»Aber warum besser, Thekla? Gab es –« Wie sollte ich es sagen? Ich hielt ein wenig inne und stürzte mich dann blindlings auf mein Thema: »Hat nicht dieser Brief, den Sie so oft gelesen haben, etwas damit zu tun, dass Sie hier sind?«

Sie fixierte mich mit ihren ernsten Augen, bis ich, wie ich glaube, viel stärker errötete als sie; und ich beeilte mich, ihr ziemlich zusammenhanglos von meiner Überzeugung zu erzählen, dass sie eine versteckte Sorge habe, und von meinem Wunsch, ihr zu helfen, falls sie in Schwierigkeiten war.

»Sie können mir nicht helfen«, sagte sie, von meiner Erklärung ein wenig besänftigt, obwohl ihr Verhalten noch eine Spur Unmut darüber enthielt, derart verstohlen beobachtet worden zu sein. »Es ist eine alte Geschichte; ein Kummer, der vergangenen ist, vorbei – zumindest sollte er das sein; nur manchmal bin ich töricht«, ihr Ton wurde nun milder, »und es ist Strafe genug für mich, dass Sie meine Torheit gesehen haben.«

»Wenn Sie hier einen Bruder hätten, Thekla, würden Sie es ihm gestatten, Ihnen sein Mitgefühl zu schenken, wenn er Ihnen keine Hilfe leisten könnte, und Sie würden sich keine Vorwürfe machen, wenn Sie ihn in Ihren Kummer eingeweiht hätten, nicht wahr? Ich bitte Sie noch einmal: lassen Sie mich wie einen Bruder für Sie sein!«

»Zunächst einmal, mein Herr«, – dieses ›mein Herr‹ sollte mich klar von ihrem imaginären Bruder abgrenzen

–, »hätte ich mich geschämt, auch nur einen Bruder in meinen Kummer einzuweihen, welcher gleichzeitig meinen Vorwurf und meine Schande darstellt.« Das waren starke Worte; und ich nehme an, mein Gesicht ließ erkennen, dass ich ihnen eine noch tiefere Bedeutung beimaß, als sie es erforderten. Doch: ein Schelm, wer Arges dabei denkt! – denn sie fuhr hastig sprechend und mit gesenktem Blick fort.

»Meine Schande und mein Vorwurf sind folgende: ich habe einen Mann geliebt, der mich nicht liebte«, – sie rang die Hände, bis ihre Finger weiße Vertiefungen in das rosige Fleisch drückten –, »und ich kann nicht ergründen, ob er mich nie geliebt hat oder ob er es einmal tat und sich jetzt gewandelt hat; wenn er mich nur je geliebt hätte, könnte ich mir verzeihen.«

Mit hastigen, zitternden Händen fing sie an, den Kräutertee und die Medikamente auf dem Tischchen neben meinem Bett für die Nacht anzuordnen. Aber nachdem ich so weit gekommen war, war ich entschlossen, hartnäckig zu bleiben.

»Thekla«, sagte ich, »erzählen Sie mir alles darüber, wie Sie es Ihrer Mutter erzählen würden, wenn sie am Leben wäre. Es gibt oft Missverständnisse, die, wenn sie nicht bereinigt werden, ein ganzes Leben elend und trostlos machen können.«

Zuerst schwieg sie. Dann zog sie den Brief hervor und sagte in einem ruhigen, hoffnungslosen Tonfall: »Können Sie deutsche Schrift lesen? Lesen Sie das und sehen Sie selbst, ob ich etwas falsch verstanden haben könnte.«

Der Brief trug die Unterschrift »Franz Weber« und war ungefähr einen Monat, bevor ich ihn las, in einer Kleinstadt in der Schweiz, deren Name mir entfallen ist, datiert worden. Er begann mit der Bestätigung, dass der Verfasser eine Summe Geldes erhalten habe, um die er offensichtlich gebeten hatte und für die er sich beinahe überschwänglich bedankte; und dann leitete er stillschweigend zu der Frage über, ob sie ihm dazu rate, dass er ein Mädchen in dem Ort, von dem aus er schrieb, heirate, und sagte, dass diese Anna Soundso erst achtzehn Jahre alt und sehr hübsch sei und ihr Vater ein wohlhabender Ladeninhaber; mit grober Geckenhaftigkeit fügte er hinzu, dass er glaube, das Mädchen selbst sei ihm nicht ganz gleichgültig. Er endete mit der Ankündigung, dass er Thekla, falls diese Heirat stattfinden würde, sicherlich die diversen Geldbeträge zurückzahlen würde, die sie ihm bei verschiedenen Gelegenheiten geliehen hatte.

Ich brauchte eine ganze Weile, um all dies zu verstehen. Thekla hielt die Kerze für mich, damit ich lesen konnte, hielt sie geduldig und beständig, ohne ein Wort zu sprechen, bis ich den Brief wieder zusammengefaltet und ihn ihr zurückgegeben hatte. Dann begegneten sich unsere Blicke.

»Es kann hier kein Missverständnis geben, oder?« fragte sie mit einem matten Lächeln.

»Nein«, entgegnete ich, »aber es ist gut, dass Sie so einen Kerl los sind.«

Sie schüttelte leicht den Kopf. »Es offenbart seine schlechte Seite, mein Herr. Wir alle haben eine schlechte Seite. Sie dürfen nicht so streng über ihn urteilen – ich zumindest kann es nicht. Aber andererseits sind wir zusammen aufgewachsen.«

»In Altenahr?«

»Ja. Sein Vater bewirtschaftete den anderen Gasthof, und unsere Eltern rivalisierten nicht, sondern waren gute Freunde. Franz ist ein wenig jünger als ich und war als Kind zart gebaut. Ich musste ihn zur Schule bringen, und ich war immer so stolz darauf und auf meinen Schützling. Dann wurde er stark und der bestaussehende Bursche im Dorf. Unsere Väter saßen oft beisammen und rauchten und redeten von unserer Heirat, und Franz muss genauso viel davon gehört haben wie ich. Wann immer er in Schwierigkeiten war, kam er zu mir um Rat gelaufen; und an allen Tanzabenden tanzte er doppelt so oft mit mir wie mit jedem anderen Mädchen, und sein Blumensträußchen brachte er immer mir. Dann hatte sein Vater den Wunsch, dass er ›auf die Walz gehen‹ und in den großen Hotels am Rhein in die Lehre gehen sollte, ehe er sich in Altenahr niederlassen würde. Wissen Sie, das ist in Deutschland so Brauch. Sie reisen als Wandergesellen von Stadt zu Stadt und lernen überall etwas Neues, sagt man.«

»Ich wusste, dass das im Handwerk so üblich ist«, erwiderte ich.

»Oh ja, und auch bei den Gastwirten«, sagte sie. »Die meisten Kellner in den großen Hotels in Frankfurt und Heidelberg und Mainz – und ich würde fast sagen, in all den anderen Orten – sind die Söhne von Gastwirten in Kleinstädten, die in die Welt hinausziehen, um neue Sitten zu lernen und vielleicht ein wenig Englisch und Französisch aufzuschnappen; andernfalls, so sagen sie, würden sie nie weiterkommen. Am nächsten Maifeiertag ist es vier Jahre her, dass Franz Altenahr verließ, um auf die Walz zu gehen; und bevor er loszog, brachte er mir einen Ring aus Bonn mit, wo er seine neuen Kleider gekauft hatte. Ich trage ihn jetzt nicht; aber ich bewahre ihn oben auf, und es ist mir ein Trost, einen Beweis dafür zu sehen, dass das alles nicht nur meine dumme Einbildung war. Ich nehme an, er geriet in schlechte Gesellschaft, denn er fing bald an, um Geld zu spielen – und dann verlor er mehr, als er immer bezahlen konnte – und manchmal konnte ich ihm ein wenig helfen, denn wir schrieben uns von Zeit zu Zeit, da jeder die Adresse des anderen kannte; denn die Kleinen wuchsen im Haus meines Vaters, und ich dachte, dass ich auch in die Welt hinausziehen und mein eigenes Geld verdienen würde, sodass – nun, ich werde die Wahrheit sagen – ich dachte, dass ich, wenn ich eine Dienststelle annehmen würde, genug beiseite legen könnte, um einen ansehnlichen Bestand an Bett- und Tischwäsche zu kaufen und viele Pfannen und Kessel für – für das, was jetzt niemals eintreffen wird.«

»Kaufen die deutschen Frauen die Töpfe und Kessel, wie Sie sie nennen, wenn sie heiraten?« fragte ich, mich unbeholfen an eine triviale Frage klammernd, um das empörte Mitgefühl mit ihren Fehlern zu verbergen, das ich nicht zum Ausdruck bringen wollte.

»Oh ja, die Braut steuert alles bei, was in der Küche benötigt wird, und das ganze Leinen für den Haushalt. Wenn meine Mutter noch am Leben wäre, hätte sie es für mich beiseite gelegt, denn sie hätte es sich leisten können, es zu kaufen; doch meine Stiefmutter wird genug damit zu tun haben, ihre eigenen vier kleinen Mädchen damit zu versorgen. Aber«, fuhr sie fort und sah fröhlicher aus, »ich kann ihr dabei helfen, denn jetzt werde ich niemals heiraten; und mein Dienstherr hier ist gerecht und großzügig und zahlt mir sechzig Florin im Jahr, was ein hoher Lohn ist.« (Sechzig Florin sind ungefähr fünf Pfund Sterling.) »Und nun gute Nacht, mein Herr! In dieser Tasse zur Linken ist der Kräutertee, in jener zur Rechten der Eicheltee.«

Sie dämpfte das Kerzenlicht und schickte sich an, das Zimmer zu verlassen. Ich stützte mich auf einen Ellbogen und rief sie zurück.

»Denken Sie nicht länger an diesen Mann!« sagte ich. »Er war nicht gut genug für Sie. Es ist viel besser für Sie, ledig zu sein.«

»Vielleicht stimmt das«, antwortete sie in ernstem Ton. »Aber Sie können nicht gerecht über ihn urteilen – Sie kennen ihn nicht.«

Wenige Minuten später hörte ich, wie sie sachte und vorsichtig zurückkehrte; sie hatte die Schuhe ausgezogen und kam in bestrumpften Füßen an mein Bett, wobei sie das Licht mit der Hand beschirmte. Als sie sah, dass meine Augen offen waren, legte sie zwei Briefe auf den Tisch, in die Nähe meines Nachtlichts.

»Vielleicht machen Sie sich irgendwann die Mühe, diese Briefe durchzulesen; dann werden Sie sehen, wie edelmütig und klug Franz wirklich ist. Ich bin es, die Tadel verdient hat, nicht er.«

An jenem Abend wurde nichts weiter gesagt.

Irgendwann am nächsten Morgen las ich die Briefe. Sie waren voller vager, aufgeblasener, sentimentaler Beschreibungen seines Seelenlebens und seiner Gefühle, völlig egoistisch und mit Zitaten zweitklassiger Philosophen und Dichter vermischt. Ich muss dazusagen, dass sie nichts enthielten, was gegen gute Prinzipien oder gutes Empfinden verstoßen hätte, so sehr sie auch dem guten Geschmack widersprachen. An jenem Nachmittag sollte ich zum ersten Mal mein Krankenzimmer verlassen und in den Raum nebenan gehen. Den ganzen Morgen über lag ich da und grübelte. Hin und wieder dachte ich an Thekla und Franz Weber. Sie war der starke, gute, hilfreiche Charakter, er der schwache und eitle. Wie seltsam es schien, dass sie sich etwas aus jemandem machte, der ihr so unähnlich war! Und dann fielen mir mehrere glückliche Ehen ein, bei denen es Außenstehenden so schien, als ob einer dem anderen so unterlegen wäre, dass einen die Verbindung der beiden zur Verzweiflung hätte bringen können, wenn man sich im Voraus Gedanken über sie gemacht hätte.

Als ich mitten in diesen Betrachtungen war, kam mein Wirt herein und brachte mir einen großartigen geblümten Hausmantel, der mit Flanell gefüttert war, und die bestickte Raucherkappe[1], von der er offensichtlich glaubte, dass sie zu diesem indisch anmutenden Morgenrock gehöre. Er sagte mir, sie seien aus dem Nachlass seines Vaters; und während er mir beim Ankleiden half, fuhr er damit fort, mir Geschichten über alltägliche Familienangelegenheiten zu erzählen. Sein Gasthof florierte; jedes Jahr kamen mehr Leute, um die Kirche in Heppenheim zu besichtigen: die Kirche, die der Stolz des Ortes war, die ich aber noch nicht gesehen hatte. Sie war von dem großen Kaiser Karl erbaut worden[2]. Und da war auch die Starkenburg, welche die Äbte von Lorsch als standhafte Kirchenmänner oft gegen die weltliche Macht der Kaiser verteidigt hatten. Und der Berg Melibokus war ebenfalls nur einen Fußmarsch entfernt. Es nahm in der Tat die ganze Zeit eines Menschen in Anspruch, auch nur den Gasthof zu leiten; aber er hatte darüber hinaus noch seinen Bauernhof und seine Weinberge, die ihm an sich schon genug zu tun gaben. Und seine Schwester bedrückte es, dass ihre Geduld und ihre Nerven im Gasthof ständig beansprucht wurden; sie wollte lieber wieder nach Worms zurückkehren und dort leben. Und es musste sich dauernd jemand um seine Kinder kümmern. Bis er mir so viel erzählt hatte, dass ich ihm mein ungeteiltes Mitgefühl hätte schenken müssen, war ich endlich mit dem Ankleiden fertig; und ich musste seine Vertraulichkeiten unterbrechen und die Hilfe seines guten, starken Arms in Anspruch nehmen, damit er mich in den an mein Zimmer anschließenden Speisesaal führte. Ich erinnerte mich nur traumhaft an den riesigen Saal. Doch wie sehr er sich zu seinem Vorteil verändert hatte! Gewiss war die eine Hälfte des Saales kahl und sah noch genauso aus wie an jenem ersten Nachmittag, sonnenlos und freudlos, mit dem langen leeren Tisch und den nötigen Stühlen für etwaige Gäste; aber um die Fenster herum, die auf den Garten hinaussahen, war ein Teil des Saales von Wäscheständern umringt, auf denen große Teile aus jenem selbst gewebten blauen Stoff hingen, aus dem die Kleidung der Schwarzwaldbauern hergestellt wird. Dieser eingeschlossene Raum wurde sowohl von dem beheizten Ofen als auch von den Strahlen der sinkenden Oktobersonne erwärmt.

Dort stand ein kleiner runder Walnusstisch mit ein paar Blumen darauf und ein großer, mit Kissen gepolsterter Sessel, den man so hingestellt hatte, dass man von ihm aus auf den Garten und die Hügel dahinter blickte. Ich war mir sicher, dass Thekla all dies so angeordnet hatte; ich hatte mich ziemlich darüber gewundert, dass ich sie an diesem Tag kaum zu Gesicht bekommen hatte. Sie war am Morgen ein- oder zweimal in mein Zimmer gekommen, weil sie dort etwas erledigen musste, doch sie hatte so gewirkt, als ob sie in großer Eile gewesen und meinen Blicken ausgewichen wäre. Selbst als ich ihr die Briefe zurückgegeben hatte, die sie mir in der offensichtlichen Absicht anvertraut hatte, ihren Verfasser in einem guten Licht erscheinen zu lassen, hatte sie mich überhaupt nicht danach gefragt, inwieweit die Briefe ihren Plan erfüllt hatten; sie hatte sie lediglich mit ein paar leisen Dankesworten an sich genommen und sie sich hastig in die Tasche gesteckt. Ich nehme an, sie schrak vor der Erinnerung daran zurück, in welchem Umfang sie mir am Abend zuvor ihr Vertrauen geschenkt hatte – nun, da das Licht des Tages und das wahre Leben sie von allen Seiten umgaben. Außerdem kann man sich niemanden vorstellen, nach dem häufiger verlangt worden wäre als nach Thekla. Mir gefiel diese Entfremdung nicht, wenn sie auch die natürliche Folge meiner fortschreitenden Genesung war, aufgrund derer ich von Tag zu Tag weniger der Dienste bedurfte, die von anderen anscheinend so dringend benötigt wurden. Und nachdem mich mein Wirt allein gelassen hatte – ich fürchte, ich hatte ihm bei der Zusammenfassung seiner häuslichen Schwierigkeiten ein wenig das Wort abgeschnitten, doch er war ein zu erfahrener und gutherziger Mann, um nachtragend zu sein – wollte ich überdies, dass mich jemand unterhielt oder mein Interesse wachhielt. Daher läutete ich mit meiner kleinen Handglocke in der Hoffnung, dass Thekla herkommen würde, als ich mit ihr ein Gespräch hätte anknüpfen können, ohne einen bestimmten Wunsch zu nennen. Anstelle von Thekla erschien das Fräulein, und ich musste mir einen Anlass ausdenken; denn ich konnte mich schlecht wie ein Kleinkind benehmen und sagen, dass ich mein Kindermädchen um mich haben wolle. Jedoch war das Fräulein besser als niemand, und so fragte ich sie, ob ich ein paar Trauben haben könne, die man mir an jedem Tag außer dem heutigen hingestellt hatte und die eine besonders wohltuende Wirkung auf meinen fiebrigen Gaumen hatten. Sie war eine gütige, freundliche Frau, obgleich ihr Temperament vielleicht ein wenig zu wünschen übrig ließ; und sie brachte ihr aufrichtiges Bedauern zum Ausdruck, als sie mir sagte, dass keine mehr im Hause seien. Wie Kranke das tun, zeigte ich mich darüber aufgebracht, dass mein Wunsch nicht erfüllt wurde, und machte meinem Unmut Luft.

»Aber Thekla hat mir gesagt, dass die Lese erst am vierzehnten sei; und Sie haben einen Weinberg direkt hinter dem Garten auf dem Hang des Hügels da draußen, nicht wahr?«

»Ja, und Trauben, die gelesen werden können. Aber vielleicht kennt der Herr unsere Gesetze nicht. Bis zur Lese (der Tag, an dem die Weinlese beginnt, wird vom Großherzog festgelegt und in den Zeitungen bekanntgegeben) – bis zur Lese dürfen alle Weinbergbesitzer in jeder Woche nur an zwei festgesetzten Tagen gehen, um ihre Trauben zu pflücken; an diesen beiden Tagen (dieses Jahr sind es Dienstag und Freitag) müssen sie so viel pflücken, wie ihre Familien brauchen; und wenn sie sich verschätzen und zu wenig pflücken, nun, dann müssen sie darauf verzichten. Und in den letzten beiden Tagen war der ›Halbe Mond‹ von Gästen belagert und sie haben alle nach Trauben gefragt. Aber morgen kann der Herr so viele davon haben, wir er möchte; es ist der Tag der Lese.«

»Was für ein seltsames patriarchalisches Gesetz«, murrte ich. »Warum wird das so verfügt? Soll es die Besitzer vor Diebstahl in ihren nicht eingezäunten Weinbergen schützen?«

»Ich kann es wirklich nicht sagen«, erwiderte sie. »Die Landbevölkerung in diesen Dörfern hat in vielerlei Hinsicht seltsame Gebräuche, wie der englische Gentleman sicher bemerkt hat. Wenn er nach Worms käme, würde er eine andere Lebensart sehen.«

»Aber nicht so eine Aussicht«, entgegnete ich, von einem plötzlichen Wechsel des Lichts gebannt – eine Wolke musste wohl an der Sonne vorbeigezogen sein. Direkt vor den Fenstern befand sich, wie ich schon so oft gesagt habe, der Garten. Gestutzte Zwetschgenbäume mit goldenen Blättern, große Büsche lilafarbener Bergastern, spät blühende Rosen, Apfelbäume, deren rotbackige Früchte teilweise abgeerntet waren, an deren Ästen aber immer noch genug hing, um die Stützen zu erfordern, die man in den Boden gesetzt hatte, um die üppige Last tragen zu helfen; zur Linken eine Gartenlaube, die mit Geißblatt und anderen süß duftenden Kletterpflanzen überwachsen war. Das alles war begrenzt von einer niedrigen grauen Steinmauer, die in den steilen Weinberg mündete, welcher sich den dahinterliegenden Hügel hinaufzog – einen in einer Reihe von Hügeln, die sich höher und höher in die blassviolette Ferne erhoben.

»Warum hat man ein Seil mit einem darangebundenen Strohbüschel quer über den Zugang des Gartens zum Weinberg gespannt?« erkundigte ich mich, als mein Blick plötzlich an dem Gebilde hängenblieb.

»Es ist die ländliche Art und Weise, klarzumachen, dass niemand diesen Weg entlanggehen darf. Morgen wird der Herr sehen, wie es abgenommen wird; und dann wird er Trauben bekommen. Jetzt werde ich gehen und seinen Kaffee zubereiten.« Mit einem Knicks – wie es bei den vornehmen Wormsern Mode war – zog sie sich zurück. Doch es war eine Dienstmagd, die mir den Kaffee brachte; und mit ihr konnte ich kein einziges Wort reden, so einen abscheulichen Dialekt sprach sie. Ich ging früh, erschöpft und deprimiert zu Bett. Ich muss augenblicklich eingeschlafen sein, denn ich hörte niemanden hereinkommen, um mir etwas auf den Nachttisch zu stellen; aber am Morgen sah ich, dass man jedem meiner üblichen Wünsche und Bedürfnisse entsprochen hatte.

Geweckt wurde ich von einem Klopfen an meine Tür und von einer niedlichen piepsenden Kinderstimme, die in stockendem Deutsch darum bat, hereinkommen zu dürfen. Nachdem ich die übliche Erlaubnis erteilt hatte, kam Thekla herein, auf dem Arm einen wundervollen, niedlichen Jungen von ungefähr zwei Jahren, der nur sein kleines Nachthemd trug und noch ganz rote Wangen vom Schlafen hatte. Mit seinen Händchen hielt er ein großes Bündel Muskateller und Edeltrauben[3] fest. Er wirkte wie ein kleiner Bacchus, wie sie ihn zu mir trug, wobei sie ihn mit einem hübschen Ausdruck liebevollen Stolzes auf ihrem Gesicht ansah. Doch als er *mir* nahekam – dem Grimmigen, Ausgezehrten, Unrasierten – wandte er sich rasch ab und verbarg sein Gesicht an ihrem Hals, die Trauben immer noch fest umklammernd. Sie sprach schnell und sanft mit ihm, redete ihm gut zu, wie ich sehr wohl begriff, obwohl ich ihren Worten nicht folgen konnte; und nach ein, zwei Minuten gehorchte ihr der kleine Kerl, drehte sich um und streckte sich fast so weit aus ihrer Umarmung heraus, dass er das Gleichgewicht verlor, und ließ das Obst seinen Fingern entgleiten, sodass es neben mich auf das Bett fiel. Dann hielt er sich wieder an ihr fest, wobei er sein Gesicht in ihrem Halstuch vergrub und mit seinen Fäustchen ihr dichtes Haar ergriff.

»Er ist der einzige Sohn meines Dienstherrn«, sagte sie und löste seine Finger mit stiller Geduld von ihrem Haar, nur damit sie sich abermals an ihre Zöpfe klammerten. »Er ist mein kleiner Max, meine Herzensfreude, er darf nur nicht so fest ziehen. Sag ihm Auf Wiedersehen und küss ihm lieb die Hand, und dann gehen wir.« Die Verheißung eines raschen Aufbruchs aus meinem dämmerigen Zimmer erwies sich als unwiderstehlich; er stammelte sein »Auf Wiedersehen« hervor, und wie er seine pummelige Hand küsste, wurde er davongetragen, war fröhlich und plapperte schnell in seiner kindlichen Halbsprache. Ich sah Thekla erst am späten Nachmittag wieder, als sie mir meinen Kaffee hereinbrachte. Sie wirkte überhaupt nicht mehr wie die heitere, strahlende Magd, die ich am Morgen gesehen hatte; sie sah fahl und gramerfüllt aus, um mehrere Jahre gealtert.

»Was ist geschehen, Thekla?« fragte ich mit echter Besorgnis darüber, was meiner guten, treuen Pflegerin widerfahren sein mochte.

Sie sah sich um, ehe sie antwortete. »Ich habe ihn gesehen«, sagte sie. »Er ist hier gewesen, und das Fräulein war so wütend! Sie sagt, sie wird es meinem Dienstherrn erzählen. Oh, es war ein furchtbarer Tag!« Die arme junge Frau, die normalerweise so gefasst und beherrscht war, war kurz davor, in Tränen auszubrechen; doch mit einer großen Anstrengung riss sie sich zusammen und versuchte, sich damit zu beschäftigen, die weiße Porzellantasse so hinzustellen, dass ich sie bequemer mit der Hand fassen konnte.

»Kommen Sie, Thekla«, sagte ich, »erzählen Sie mir alles darüber! Ich habe laute Stimmen reden hören und ich war der Meinung, dass sich das Fräulein über etwas aufgeregt hatte; und Lottchen sah beunruhigt aus, als sie mir das Mittagessen brachte. Ist Franz hier? Wie hat er herausgefunden, wo Sie sind?«

»Er ist hier. Ja, ich bin sicher, dass er es ist; aber vier Jahre können einen Mann ziemlich verändern; sein ganzes Aussehen und seine Art kamen mir so seltsam vor;

aber er erkannte mich sofort und nannte mich bei all den alten Namen, mit denen wir uns gegenseitig riefen, als wir Kinder waren; und er musste mir unbedingt erzählen, wie es gekommen war, dass er diese Schweizerin Anna nicht geheiratet hat. Er sagte, dass er sie nie geliebt habe – und dass er jetzt heimkehren würde, um sich niederzulassen, und dass er hoffe, ich würde mitkommen und –«
An dieser Stelle hielt sie inne.

»Und ihn heiraten und im Gasthaus in Altenahr leben«, sagte ich lächelnd, um sie zu beruhigen, obwohl ich mich ob der ganzen Angelegenheit ziemlich enttäuscht fühlte.

»Nein«, erwiderte sie. »Der alte Weber, sein Vater, ist tot; er starb verschuldet, und Franz wird kein Geld haben. Und er war schon immer einer, der Geld brauchte. Manche sind so, wissen Sie? Und wie ich nachdachte und er bei mir stand, kam das Fräulein herein; und – und – ich wundere mich nicht, denn der arme Franz hat dieser Tage kein angenehmes Äußeres – sie war sehr verärgert und nannte mich ein dreistes, böses Mädchen und sagte, sie könne ein solches Treiben im ›Halben Mond‹ nicht dulden, sondern würde es meinem Dienstherrn erzählen, wenn er aus dem Wald zurückkäme.«

»Aber Sie hätten ihr sagen können, dass Sie früher Freunde waren.« Ich zögerte, ehe mir das Wort ›Liebende‹ über die Lippen kam, aber nach einer Pause sprach ich es aus.

»Franz hätte das vielleicht gesagt«, entgegnete sie ein wenig steif, »ich hätte es nicht gekonnt; aber er ging fort, sobald sie ihn wegschickte. Er ging zum ›Adler‹ gegenüber und sagte nur, er würde morgen früh zurückkommen, um meine Antwort zu hören. Ich glaube, er ist derjenige, der ihr hätte sagen sollen, was wir früher waren – Nachbarskinder und Jugendfreunde – er hätte das nicht alles mir überlassen sollen. Oh!« sagte sie und rang die

Hände. »Sie wird die Geschichte so aufbauschen, wenn sie sie meinem Herrn erzählt!«

»Machen Sie sich keine Sorgen!« sagte ich. »Richten Sie dem Wirt aus, dass ich ihn sprechen möchte, sobald er aus dem Wald zurückkommt, und vertrauen Sie darauf, dass ich die Sache bei ihm richtigstellen werde, ehe das Fräulein ihn in die Irre führen kann!«

Sie sah mich dankbar an und ging, ohne ein weiteres Wort zu sagen.

Bald darauf stand die stattliche Gestalt meines Wirts am Durchgang zu meinem umzäunten Wohnzimmer. Da war er, hielt seinen Dreispitz in der Hand, sah so müde und erhitzt aus, wie ein Mann das nach einem harten Arbeitstag tut, doch so freundlich und warmherzig wie je zuvor, was man nicht von jedem Mann sagen kann, den nach einem solchen Tag die Geschäfte rufen, bevor er die nötige Nahrung und Ruhe bekommen hat.

Ich hatte ziemlich viel über Theklas Geschichte nachgedacht; ich konnte ihr Verhalten an jenem Tag nicht zu meiner vollen Zufriedenheit interpretieren; aber dennoch musste die Liebe, die mit ihr zusammen groß geworden war, sicherlich durch das plötzliche Wiederauftauchen ihres Geliebten zum Vorschein gekommen sein; und ich war geneigt, es ihm zugutezuhalten, die Verlobung mit der Schweizerin Anna aufgelöst zu haben, die ihm so viele weltliche Vorteile verheißen hatte; und dann hatte ich es wieder in Erwägung gezogen, dass es Thekla war, die ihn aus freien Stücken heiraten würde – wenn er auch ein wenig schwach und zu gefühlsbetont war – und vielleicht würden ihre Vernunft und ihre ruhige Entschlossenheit für beide reichen. Also fasste ich meinem guten Freund und Wirt die kleine Geschichte, die ich Ihnen erzählt habe, zusammen und fügte hinzu, dass ich gerne die Meinung eines Mannes über diesen Mann hören würde, dass ich aber – falls er nicht ein völliger Nichtsnutz wäre und falls Thekla ihn noch liebte, wie ich glaubte – versuchen würde, ihnen das erforderliche Geld vorzustrecken, um sich in dem ererbten Gasthaus in Altenahr niederzulassen.

Das war das romantische Ende, das Theklas Sorgen laut meiner Grübeleien und Pläne der letzten Stunde nehmen sollten. Wie ich meine Geschichte schilderte und auf den möglichen glücklichen Ausgang anspielte, den sie würde haben können, veränderte sich das Gesicht meines Wirts. Die rötliche Farbe verblasste und sein Blick nahm einen fast schon strengen – auf jeden Fall aber ernsten Ausdruck an. Es wirkte so verständnislos, dass ich mich instinktiv kurz fasste. Als ich geendet hatte, ließ er eine kleine Pause entstehen und sagte dann: »Sie möchten, dass ich so viel wie möglich über den Fremden in Erfahrung bringe, der sich jetzt im ›Adler‹ aufhält, und Ihnen sage, welchen Eindruck ich von dem Burschen habe.«

»Genau das«, sagte ich, »ich möchte um Theklas Willen so viel wie möglich über ihn herausfinden.«

»Um Theklas Willen werde ich es tun«, wiederholte er ernst.

»Und heute Abend zu mir kommen, selbst wenn ich schon im Bett bin?«

»Das nicht«, erwiderte er. »In einer solchen Angelegenheit müssen Sie mir so viel Zeit geben, wie Sie können.«

»Aber er wird morgen früh herkommen, um Theklas Antwort zu hören.«

»Bevor er herkommt, sollen Sie alles wissen, was ich in Erfahrung bringen kann.«

Ich ruhte mich am nächsten Tag gerade während der Anstrengungen des Ankleidens aus, als mein Wirt an meine Tür klopfte. Er sah ernster und strenger aus, als ich ihn je zuvor gesehen hatte; er setzte sich, fast noch ehe ich ihn darum gebeten hatte.

»Er ist ihrer nicht wert«, sagte er. »Er trinkt Schnaps unverdünnt; er prahlt mit seinem Glück im Spiel und«, –

hier biss er die Zähne zusammen –, »er prahlt mit den Frauen, die ihn geliebt haben. In einem Dorf wie diesem gibt es immer Leute, die ihre Abende in den Biergärten verbringen; und nachdem dieser Mann genug getrunken hatte, plauderte er alles aus; es war nicht nötig, zu spionieren, um herauszufinden, was für einer er ist – sonst wäre ich nicht derjenige gewesen, der es getan hätte.«

»Thekla muss davon erfahren«, sagte ich. »Sie ist keine Frau, die jemanden lieben kann, den sie nicht respektieren kann.«

Herr Müller lachte leise und bitter, was man so gar nicht von ihm kannte. Dann erwiderte er: »Was das angeht, mein Herr: Sie sind noch jung, Sie haben nicht viel Erfahrung mit Frauen. Nach dem, was meine Schwester mir gesagt hat, kann es kaum Zweifel daran geben, dass Thekla Gefühle für ihn hegt. Sie kam dazu, als die beiden zusammen am Fenster standen; er hatte seinen Arm um Theklas Taille gelegt und flüsterte ihr etwas ins Ohr – und um dem Mädchen Gerechtigkeit widerfahren zu lassen, ist sie keine, die solche Vertraulichkeiten von jedermann duldet. Nein«, fuhr er in demselben verachtungsvollen Ton fort, »Sie werden feststellen, dass sie für seine Schwächen und Laster Ausreden findet; oder – was vielleicht noch wahrscheinlicher ist – sie wird Ihre Geschichte gar nicht erst glauben, obwohl *ich*, von dem Sie sie haben, dafür einstehen kann, dass jedes einzelne Wort wahr ist.«

Er drehte sich auf dem Absatz um und verließ das Zimmer. Gleich darauf sah ich seine robuste Gestalt im Weinberg vor meinen Fenstern, wie sie den steilen Hang mit langen, regelmäßigen Schritten erklomm und in Richtung des dahinterliegenden Waldes ging. Während der nächsten Stunde hatte ich anderes zu tun, als sein Vorankommen weiter zu beobachten. Nach Ablauf dieser Zeit kam er wieder in mein Zimmer und sah erhitzt und leicht erschöpft aus, so als ob er schnell gelaufen wäre oder hart gearbeitet hätte; doch hatte er keine Sorgenfalten mehr auf der Stirn und das freundliche Licht strahlte wieder aus seinen ehrlichen Augen.

»Ich bitte Sie um Verzeihung«, fing er an, »dass ich Sie nochmals behellige. Ich glaube, heute Morgen hat mich der Teufel geritten. Ich habe noch einmal darüber nachgedacht. Vielleicht hat man kein Recht, über das Glück eines anderen Menschen zu entscheiden. Von so einer«, – hier musste der ehrliche Kerl schlucken –, »so einer Frau wie Thekla geliebt zu werden, adelt wohl jeden Mann. Außerdem kann ich weder über ihn noch über sie urteilen. Heute Morgen ist mir klar geworden, dass ich sie selbst liebe, und so kommt es nun, dass, wenn Sie, der Sie so freundlich sind, Anteil an der Sache zu nehmen, wenn Sie glauben, dass es tatsächlich ihr Herzenswunsch ist, diesen Mann zu heiraten – was seine Rettung auf Erden und im Himmel sein sollte – dass ich sehr gerne die Hälfte dazu beisteuern werde (wie viel es auch sein mag), um den beiden einen Anfang in dem Gasthof in Altenahr zu ermöglichen; erlauben Sie mir nur, dafür zu sorgen, dass alles Geld, das wir vorstrecken, gut und ordentlich angelegt ist, sodass es für Thekla abgesichert ist. Und seien Sie so nett, keine Notiz von dem zu nehmen, was ich über meine Entdeckung gesagt habe, dass ich Thekla liebe; ich habe das als eine Art Entschuldigung für meine harten Worte heute Morgen erwähnt und als Begründung dafür, dass ich nicht darüber urteilen kann, was das Beste sei.« Er hatte so rasch gesprochen, dass ich seinen eifrigen Redefluss nicht hätte aufhalten können, selbst wenn ich es gewollt hätte; aber ich interessierte mich viel zu sehr für die Enthüllung dessen, was sich in seinem tapferen, zartfühlenden Herzen abspielte, um ihn unterbrechen zu wollen. Nun jedoch kam seine Rede ins Stolpern und seine Worte endeten mit einem unbewussten Seufzen.

»Aber«, sagte ich, »seit Sie hier waren, ist Thekla zu mir gekommen und wir haben uns lange unterhalten. Sie spricht jetzt so offen mit mir, wie sie es täte, wenn ich ihr Bruder wäre; mit vernünftiger Offenheit, wo Offenheit angebracht ist, mit bescheidener Zurückhaltung, wo Vertraulichkeit unschicklich wäre. Sie kam her, um mich zu fragen, ob ich es für ihre Pflicht hielte, diesen Burschen zu heiraten, dessen bloßes Aussehen (das sich, wie sie sagt, verschlechtert hat, seit sie ihn vor vier Jahren zum letzten Mal sah) sie abzustoßen schien.«

»Immerhin hat sie es gestern zulassen können, dass er seinen Arm um ihre Taille legte«, sagte Herr Müller, der in seine Verdrießlichkeit vom Morgen zurückverfiel.

»Und sie würde ihn jetzt heiraten, wenn sie es für ihre Pflicht halten könnte. Aus einem Grund, den nur er selbst kennt, hat dieser Franz Weber versucht, an dieses Gefühl von ihr zu appellieren. Er behauptet, es wäre seine Rettung.«

»Als ob ein Mann nicht genug Kraft in sich trüge – ein Mann, der zu irgendetwas taugt – um sich selbst zu retten, sondern eine Frau bräuchte, die ihn durchs Leben zieht!«

»Nein«, erwiderte ich und konnte mich eines Lächelns kaum erwehren. »Sie selbst haben vor weniger als fünf Minuten gesagt, dass es seine Rettung auf Erden und im Himmel sein könnte, wenn sie ihn heiraten würde.«

»Das war, als ich dachte, sie liebe diesen Burschen«, antwortete er schnell. »Jetzt – aber was haben Sie ihr denn gesagt?«

»Ich habe ihr gesagt, was ich für die reine Wahrheit halte, nämlich, da sie es offen eingestanden hat, dass sie ihn nicht mehr liebt – nun, da seine eigene Person ihre Erinnerung abgelöst hat – dass sie sündigen würde, wenn sie ihn heiraten würde, dass sie etwas Böses täte, um etwas Gutes hervorzubringen. Ich war mir in diesem Punkt selbst ganz sicher, obwohl ich nicht genau gewusst hätte, was ich ihr hätte raten sollen, wenn ihre Liebe angedauert hätte.«

»Und wie lautete ihre Antwort?«

»Sie ging ihre gemeinsame Lebensgeschichte durch; sie sprach sich gegen ihre Wünsche aus, um ihrem Gewissen Genüge zu tun. Sie sagte, sie sei durch ihre ganze Kindheit hindurch seine Stärke gewesen; er sei, solange er unter ihrem persönlichen Einfluss stand, im passiven Sinne gut gewesen; wenn er fern von ihr war, sei er auf dumme Gedanken gekommen –«

»... um nicht zu sagen: auf böse«, fiel Herr Müller ein.

»Und jetzt kam er reumütig zu ihr, bekümmert, auf Wiedergutmachung bedacht und um die Liebe bittend, von der sie anscheinend glaubte, sie hätte sie ihm in der Vergangenheit stillschweigend zugesagt –«

»Und die er gekränkt und beleidigt hat. Ich hoffe, Sie haben ihr erzählt, was er gestern Abend im Biergarten des ›Adler‹ gesagt und wie er sich aufgeführt hat?«

»Nein. Ich habe mich auf das allgemeine Prinzip beschränkt, von dessen Wahrhaftigkeit ich überzeugt bin. Ich habe es auf verschiedene Art und Weise wiederholt, denn der Gedanke, sie wäre dazu verpflichtet, sich zu opfern, hatte bereits von ihrer Einbildungskraft Besitz ergriffen. Vielleicht – falls es mir nicht gelungen wäre, ihre Vorstellung von ihrer Pflicht in die richtige Perspektive zu rücken – hätte ich darauf zurückgegriffen, ihr Tatsachen zu nennen, die ihr sehr wehgetan hätten, die ihr aber bewiesen hätten, wie wenig man sich auf seine Worte der Reue und seine Versprechungen, alles wiedergutzumachen, verlassen konnte.«

»Und wie ist es ausgegangen?«

»Es ist damit ausgegangen, dass sie ziemlich davon überzeugt war, dass sie etwas Falsches und nichts Richtiges täte, wenn sie einen Mann heiraten würde, für den sie absolut keine Liebe mehr empfindet, und dass nichts wirklich Gutes aus einer Handlungsweise hervorgehen kann, die auf einem Fehler basiert.«

»Das ist richtig und wahr«, erwiderte er und sein Gesicht entspannte sich und sah wieder glücklich aus.

»Aber sie sagt, sie muss aus Ihrem Dienst ausscheiden und woanders hingehen.«

»Aus meinem Dienst ausscheiden soll sie – aber nicht woanders hingehen.«

»Ich weiß nicht, wozu Sie sie vielleicht bringen können, wenn Sie auf sie einwirken; aber sie scheint mir fest entschlossen zu sein.«

»Warum?« fragte er und blitzte mich mit seinen Augen an, als wäre ich an ihrer Entschlossenheit schuld.

»Sie sagt, Ihre Schwester habe mit ihr vor den Hausangestellten und vor einigen Dorfbewohnern in einer Weise gesprochen, die sie nicht ertragen konnte; und dass Sie selbst gestern Abend durch Ihr Verhalten ihr gegenüber gezeigt hätten, dass sie Ihre Achtung verloren hat. Sie fügte mit einem Gesichtsausdruck unschuldiger Ehrlichkeit hinzu, dass er ihr erst einen Augenblick, bevor Ihre Schwester das Zimmer betrat, so nahe gekommen sei.«

»Mit Ihrer Erlaubnis«, sagte Herr Müller und wandte sich der Tür zu, »werde ich gehen und all dies sofort richtigstellen.«

Das war leichter gesagt als getan. Als ich Thekla zum nächsten Mal sah, waren ihre Augen vom Weinen geschwollen, aber sie schwieg mir gegenüber, fast wie aus Trotz. Ein Blick fester Entschlossenheit hatte sich auf ihrem Gesicht festgesetzt. Später erfuhr ich, dass Herr Müller so unklug war, Teile seiner Unterhaltung mit mir in dem Gespräch, das er mit ihr führte, zu zitieren. Ich dachte bei mir, ich würde sie sich selbst überlassen und warten, bis sie ihrem Gefühl des Unmuts, das sie ungerechterweise gegen mich hegte, Luft machen würde. Aber es sollten einige Tage vergehen, ehe sie auch nur wieder annähernd so offen mit mir sprach wie zuvor. Lange vorher hatte ich alles aus dem Mund meines Wirts gehört.

Nachdem er mich verlassen hatte, war er geradewegs zu ihr gegangen; und wie ein törichter, ungestümer Liebhaber hatte er ihr seine Gedanken und Wünsche im Beisein seiner Schwester offenbart, die – wie man bedenken muss – keine Erklärung für das Benehmen zu hören bekommen hatte, welches ihr Gefühl für Schicklichkeit am Tag zuvor so grob verletzt hatte. Herr Müller glaubte, er würde die gute Meinung seiner Schwester von Thekla wiederherstellen, indem er vor den Ohren des Fräuleins seine größte Liebe und höchste Achtung für sie zum Ausdruck brachte. Und dort in der heißen Küche, wo das Fräulein gerade sehr damit beschäftigt war, köstliches Obst auf dem Herd einzumachen und Thekla mit ruppigen, unfreundlichen Anweisungen herumzukommandieren, war der Hausherr erschienen, hatte die Hand der Magd ergriffen und ihr zu ihrer grenzenlosen Überraschung – und zur grenzenlosen Entrüstung seiner Schwester – sein Herz, seinen Reichtum und sein Leben angetragen, hatte sie darum gebeten, ihn zu heiraten. Seiner Erzählung konnte ich entnehmen, dass sie sich zunächst in einem Zustand zitternden Unbehagens befunden hatte; sie hatte nichts gesagt, sondern ihm ihre Hand entwunden und sich das Gesicht mit ihrer Schürze bedeckt. Und dann hatte das Fräulein angefangen zu toben – »verfluchte Worte« nannte er ihre Rede. Thekla ließ ihre Schürze sinken, um zuzuhören, um sich alles bis zum Ende anzuhören, um zu hören, wie sich Bruder und Schwester leidenschaftlich Vorhaltungen machten. Und dann ging sie zum verärgerten Fräulein, ging nahe zu ihr hin und sagte ganz ruhig, aber in einer endgültig entschlossenen Weise, die offenbar einen tiefen Eindruck im Herzen ihres Verehrers hinterlassen hatte und die ihn bis zur Hoffnungslosigkeit bedrückte, dass sich das Fräulein nicht zu beunruhigen brauche, dass sie am selben Tag darüber nachgedacht habe, einen anderen Mann zu heiraten, und dass ihr Herz nicht wie ein zu vermietendes Zimmer sei, in das, sobald ein Mieter ausgezogen ist, ein anderer einziehen kann. Nichtsdestoweniger spüre sie die Güte ihres Dienstherrn. Er habe sie immer gut behandelt, seit dem Tag, an dem sie das Haus als seine Dienstmagd betreten hatte. Und es werde ihr leidtun, ihn zu verlassen, leidtun, die Kinder zu verlassen, und sehr leidtun, den kleinen Max zu verlassen; ja, es werde ihr sogar leidtun, das Fräulein zu verlassen, das eine gute Frau sei, das nur ein wenig zu sehr dazu neige, hart zu anderen Frauen zu sein. Aber sie sei an jenem Tag bereits auf der Polizeiwache gewesen und habe ihre Ankündigung hinterlegt[4]; die Saison sei bald vorüber, und sie würde gern an Allerheiligen aus ihrem Dienst treten. Dann (glaubte er) war ihr zum Weinen zumute, denn sie hatte sich plötzlich zusammengerissen und gesagt, ja, sie würde das sehr gern tun, denn irgendwie sei sie in Heppenheim sehr unglücklich gewesen, obwohl sie freundlich zu ihr gewesen seien; und sie würde für eine Weile wieder nach Hause gehen und ihren alten Vater und ihre liebe Stiefmutter besuchen und deren Säugling, ihre Halbschwester Ida, und wieder unter ihren eigenen Leuten sein.

Ich konnte sehen, dass es dieser letzte Teil war, der Herrn Müller am meisten zu schaffen machte. Aller Wahrscheinlichkeit nach war Franz Weber auch auf dem Weg zurück nach Altenahr; und der schlimme Verdacht würde immer wieder aufwallen, dass ein nachklingendes Gefühl für ihren früheren Geliebten und in Ungnade gefallenen Spielkameraden sie so entschlossen machte, wegzugehen und nach Altenahr zurückzukehren.

Danach war ich einige Tage lang der Vertraute des gesamten Haushalts – nur nicht von Thekla. Sie, das arme Geschöpf, sah recht elend aus; doch auf ihrem Gesicht war stets der kühne, trotzige Ausdruck zu sehen. Lottchen sagte frei heraus, was sie dachte: keiner wollte die Stelle haben, wenn Thekla sie aufgab; sie war es, die den Kopf für alles hatte, die Geduld für alles hatte, die zwischen all den Mägden und den Launen des Fräuleins stand. Was die Kinder anging, die armen mutterlosen Kinder! Lottchen war sich sicher, dass der Dienstherr nicht wusste, was er tat, als er es seiner Schwester erlaubte, Thekla wegzuschicken – und warum das alles? Weil sie einen Liebhaber hatte wie jedes Mädchen, das einen bekommen konnte. Nun, der kleine Junge Max schlief in dem Zimmer, das Lottchen sich mit Thekla teilte; und diese hörte ihn in der Nacht so schnell, als ob sie seine Mutter wäre; während sie an meinem Bett wachte, als ich so krank war, hatte Lottchen sich um ihn kümmern müssen, und es war eine beschwerliche Arbeit nach einem harten Tag, aufstehen und ein zahnendes Kind beruhigen zu müssen; sie wusste, dass sie manchmal ziemlich ärgerlich gewesen war, aber Thekla war immer gut und sanft zu ihm, wie müde sie auch war. Und als Lottchen aus dem Zimmer ging, hörte ich sie wiederholen, dass sie glaube, sie sollte fortgehen, wenn Thekla ging, denn es würde sich nicht lohnen, ihren Platz einzunehmen.

Selbst das Fräulein brachte sein Bedauern zum Ausdruck – Bedauern gemischt mit Selbstrechtfertigung. Sie glaubte, Recht gehabt zu haben, als sie Thekla darauf ansprach, dass sie solche Vertraulichkeiten gestattete. Woher hätte sie wissen sollen, dass der Mann ein alter Freund und Spielkamerad gewesen war? Er sah aus wie ein richtiger lasterhafter Taugenichts. Und dass eine Bedienstete ihre Schelte als unverzeihliche Beleidigung aufnehmen und darauf bestehen würde, ihre Stelle zu kündigen, gerade als sie alle ihre Arbeit gelernt hatte und so eine große Hilfe im Haushalt war – so eine Hilfe, dass das Fräulein niemals mit einem neuen, dummen Hausmädchen würde vorliebnehmen können, sondern, ehe sie sich die Mühe machen würde, der neuen Bediensteten beizubringen, wo alles war und wie sie die Vorräte ausgeben sollte, wenn sie selbst zu tun hätte, lieber nach Worms zurückgehen würde. Denn schließlich war es eine undankbare Arbeit, einem Bruder den Haushalt zu führen; Männer waren nie zufriedenzustellen; und Heppenheim war nichts als ein armes, ungebildetes Dorf im Vergleich zu Worms.

Sie musste mit ihrem Bruder über ihre Absicht, ihn zu verlassen und zu ihrem früheren Zuhause zurückzukehren, gesprochen haben; in der Tat war das Verhältnis zwischen Bruder und Schwester in jenen letzten Tagen offenbar abgekühlt. Als Herr Müller eines Abends seine Pfeife mitbrachte und sich – wie es bisweilen sein Brauch war – an meinen Ofen setzte, um zu rauchen, sah er düster und verdrossen aus. Ich ließ ihn schmauchen und sich Zeit nehmen. Nach einer Weile fing er an: »Endlich habe ich dafür gesorgt, dass das Dorf den Kerl los geworden ist. Ich konnte es nicht ertragen, ihn hierzuhaben, wo er Schande über Thekla brachte, indem er sie jedes Mal ansprach, wenn sie in den Weinberg oder zum Brunnen ging. Ich glaube nicht, dass sie ihn auch nur im Geringsten mag.«

»Das glaube ich auch nicht«, sagte ich. Er drehte sich zu mir um.

»Warum hat sie dann überhaupt mit ihm gesprochen? Warum kann sie nicht einen ehrlichen Mann mögen, der sie mag? Warum ist sie so darauf versessen, heim nach Altenahr zu gehen?«

»Sie spricht mit ihm, weil sie ihn von Kindesbeinen an gekannt hat und loyales Mitleid für jemanden empfindet, den sie als so unschuldig kannte und der nun im Ansehen aller rechtschaffenen Menschen so tief gesunken ist. Was die Frage angeht, warum sie einen ehrlichen Mann nicht mag – (obwohl ich dazu vielleicht meine eigene Meinung habe) – Mögen ist Geschmackssache, wie wir im Englischen sagen; und Altenahr ist ihre Heimat – das Haus ihres Vaters steht in Altenahr, wie Sie wissen.«

»Ich frage mich, ob er dort hingeht«, ließ Herr Müller nach zwei oder drei weiteren Zügen an seiner Pfeife verlauten. »Er saß im ›Adler‹ fest; er konnte seine Zeche nicht bezahlen, also blieb er hier und sagte, er würde in ein, zwei Tagen einen Brief von einem Freund mit Geld darin erhalten; außerdem lauerte er Thekla auf, die in ganz Heppenheim bekannt und angesehen ist: die Tatsache, dass er ein alter Freund von ihr ist, brachte ihm eine gewisse Anerkennung ein. Heute morgen bin ich hinübergegangen und habe seine Zeche bezahlt – unter der Bedingung, dass er den Ort noch heute verlässt. Und er verließ das Dorf fröhlich und unbeschwert, ohne sich mehr aus Thekla zu machen als aus dem Kaiser, der unsere Kirche erbaut hat, denn er sah kein einziges Mal zum ›Halben Mond‹ zurück, sondern ging pfeifend die Straße hinunter.«

»Gut, dass wir ihn los sind!« sagte ich.

»Ja. Aber meine Schwester sagt, sie müsse nach Worm zurück. Und Lottchen hat gekündigt; sie sagt, niemand werde die Stelle haben wollen, wenn Thekla weggeht. Ich wünschte, ich könnte auch kündigen.«

»Versuchen Sie es noch einmal mit Thekla!«

»Nicht ich«, sagte er errötend. »Es würde jetzt so aussehen, als ob ich sie nur als Haushälterin haben wollte. Außerdem geht sie mir aus dem Weg, wo immer sie kann, und sieht mich noch nicht einmal an. Ich bin mir sicher, sie ist mir böse wegen diesem Tunichtgut.«

Eine Zeit lang herrschte zwischen uns Schweigen, das er schließlich brach.

»Der Pfarrer hat eine nette und hübsche Tochter. Ihre Mutter wird als gute Hausherrin gerühmt. Sie haben mich oft dazu eingeladen, zur Pfarrei zu kommen und ein Pfeifchen zu rauchen. Wenn die Weinlese vorüber ist und ich weniger zu tun habe, denke ich, dass ich hingehen und mich dort umsehen werde.«

»Wann ist die Weinlese?« fragte ich. »Ich hoffe, dass sie bald stattfindet, weil ich so gesund und stark werde, dass ich fürchte, Sie in Kürze verlassen zu müssen. Aber zuvor würde ich gern die Lese sehen.«

»Oh, haben Sie keine Angst! Sie dürfen für eine Weile noch nicht reisen. Und die Regierung hat den Beginn der Weinlese auf den vierzehnten festgesetzt.«

»Was für eine väterliche Regierung! Woher weiß sie denn, wann die Trauben reif sein werden? Warum kann nicht jeder Mann seine eigene Zeit für das Lesen seiner Trauben festlegen?«

»Das war bei uns in Deutschland nie so Sitte. Die Regierung beschäftigt Leute, die sich die Weinstöcke ansehen und es melden, wenn die Trauben reif sind. Es ist nötig, Gesetze dafür zu erlassen, denn, wie Sie bemerkt haben müssen, ist das Einzige, was unsere Weinberge und Obstbäume schützt, die Furcht vor dem Gesetz. Entlang der Bergstraße gibt es keine Einzäunungen wie jene in England, von denen Sie mir erzählt haben. Da es den Leuten aber nur an vorgegebenen Tagen erlaubt ist, in die Weinberge zu gehen, kann niemand unter dem Vorwand, seine eigenen Früchte zu ernten, auf das Grundstück seines Nachbarn abirren und sich dort bedienen, ohne dass er von einigen Förstern des Herzogs gesehen wird.«

»Nun gut«, sagte ich, »jedem Land seine eigenen Gesetze!«

Ich glaube, es war am selben Abend, dass Thekla wegen irgendetwas hereinkam. Sie hörte damit auf, das Tischtuch und die Blumen zurechtzurücken, als ob sie etwas zu sagen hätte, aber nicht wusste, wie sie anfangen sollte. Schließlich wurde mir klar, dass ihr wundes, aufgewühltes Herz ein wenig Mitgefühl brauchte; was sie tat, stand im Widerspruch zu den Plänen ihrer Mitmenschen, und sie bildete sich ein, alle hätten sich gegen sie gewendet. Sie sah mich an und sagte ein wenig unvermittelt: »Weiß der Herr, dass ich am fünfzehnten gehe?«

»So bald schon?« fragte ich überrascht. »Ich dachte, Sie würden bis Allerheiligen hierbleiben.«

»Das hätte ich auch getan – das hätte ich tun müssen – wenn mir das Fräulein nicht freundlicherweise erlaubt hätte, früher zu gehen, um eine Stelle anzunehmen – eine sehr gute Stelle – als Haushälterin für eine verwitwete Dame in Frankfurt. Es ist genau die Art Anstellung, die ich mir immer gewünscht habe. Ich gehe davon aus, dass ich dort sehr glücklich sein und mich wohlfühlen werde.«

»Mir scheint, die Dame bekennt zu viel[5]«, kam mir in den Sinn. Ich erkannte, dass sie von mir erwartete, ich würde die Wahrscheinlichkeit ihres Glücks anzweifeln, und dass sie in einer trotzigen Stimmung war.

»Natürlich«, sagte ich, »Sie hätten Heppenheim wohl kaum verlassen wollen, wenn Sie hier glücklich gewesen wären; und jeder neue Ort verheißt stets Gutes, ganz gleich, wie er sich später zeigt. Aber wohin Sie auch gehen, denken Sie daran, dass Sie in mir immer einen Freund haben.«

»Ja«, erwiderte sie, »ich glaube, dass man Ihnen vertrauen kann. Obwohl ich das aufgrund meiner Erfahrungen von sehr wenigen Männern sagen würde.«

»Sie hatten Pech«, antwortete ich, »viele Männer würden dasselbe von Frauen behaupten.«

Sie dachte einen Moment nach und sagte dann in verändertem Tonfall: »Das Fräulein hier war in diesen letzten Tagen sehr viel freundlicher und hilfsbereiter als sein Bruder; aber ich habe ihm treu gedient und mich um seinen kleinen Max gekümmert, als ob er mein Bruder wäre. Doch heute Morgen hat er zum ersten Mal seit vielen Tagen mit mir geredet – er ist mir im Flur begegnet, hat plötzlich angehalten und gesagt, er sei froh, dass ich eine so angenehme Stelle gefunden hätte, und dass es mir völlig frei stehe zu gehen, wann immer ich wolle. Und dann ist er schnell weitergegangen, ohne meine Antwort abzuwarten.«

»Und was war daran falsch? Mir scheint, er wollte Ihnen das gute Gefühl geben, sie dürften ruhig tun, was Sie für das Beste hielten – ohne Rücksichtnahme auf seine eigenen Interessen.«

»Vielleicht stimmt das. Es ist albern, ich weiß«, fuhr sie fort, wobei sie mich mit ihren ernsten, unschuldigen Augen direkt ansah, »aber die eigene Eitelkeit leidet ein wenig, wenn sich alle so bereitwillig von einem verabschieden.«

»Thekla! Ich stehe tief in Ihrer Schuld – lassen Sie mich offen mit Ihnen sprechen. Ich weiß, dass Ihr Dienstherr Sie heiraten wollte und dass Sie ihn abgewiesen haben. Machen Sie sich nichts vor. Bedauern Sie diese Abweisung jetzt?«

Sie sah mich mit ihrem ernsten Blick unverwandt an; doch ihr Gesicht und ihr Hals wurden ganz rot.

»Nein«, sagte sie schließlich, »ich bedaure sie nicht. Für was für eine Frau halten Sie mich wohl? Dass ich einen Mann seit meiner frühen Kindheit bis vor zwei Wochen geliebt habe – und jetzt genauso dazu bereit wäre, einen anderen zu lieben? Ich weiß, dass Sie nicht recht über das nachgedacht haben, was Sie da sagen, sonst müsste ich es als eine Beleidigung auffassen.«

»Sie haben einen idealisierten Mann geliebt; er hat Sie enttäuscht, und Sie haben an Ihrer Erinnerung an ihn festgehalten. Er kam her, und die Wirklichkeit hat alle Illusionen zerstreut.«

»Ich verstehe keine Philosophie«, sagte sie. »Ich weiß nur, dass ich glaube, dass Herr Müller aufgrund der Dinge, die ihm seine Schwester gesagt hatte, jeden Respekt vor mir verloren hat; und ich weiß, dass ich weggehen werde; und ich vertraue darauf, dass ich in Frankfurt glücklicher sein werde, als ich es hier in letzter Zeit gewesen bin.« Mit diesen Worten verließ sie das Zimmer.

Am Morgen des Vierzehnten weckten mich das fröhliche Geläut von Kirchenglocken und das unablässige Abfeuern und Knallen von Gewehren und Pistolen. Doch all das war vorbei, bis ich aufgestanden war, mich angezogen hatte und mich zum Frühstücken in meinen abgetrennten Raum gesetzt hatte. Es war ein perfekter Oktobertag; der Tau lag noch auf den Grashalmen und glitzerte auf den zarten Spinnweben, die sich von Blume zu Blume im Garten erstreckten, welcher im Morgenschatten des Hauses lag. Doch jenseits des Gartens, auf dem sonnenbeschienenen Berghang, erklommen Männer, Frauen und Kinder die Weingärten wie Ameisen – geschäftig, mit unregelmäßigen Bewegungen, sich an manchen Stellen sammelnd, an anderen weit auseinanderlaufend – wie ich so dasaß, konnte ich die gellenden, fröhlichen Stimmen hören – und das ganze Tal entlang war es überall ziemlich dasselbe, so weit ich sehen konnte; denn jeder füllte sein Haus für den Tag der Weinlese, diesen großen alljährlichen Festtag. Lottchen, die mein Frühstück hereingebracht hatte, trug ihre Sonntagskleider, nachdem sie früh aufgestanden war, um ihre Arbeit zu erledigen und dann zum Traubenlesen hinauszugehen. Es wimmelte nur so von lebhaften Farben; zwischen den verblassenden Blättern hindurch konnte ich scharlachrote, feuerrote und orangefarbene Flecken sehen; es war kein Tag, um tatenlos im Haus zu verweilen; und ich war im Begriff, allein hinauszugehen, als Herr Müller hereinkam, um mir seinen kräftigen Arm anzubieten und mir dabei zu helfen, zum Weinberg zu gehen. Ganz langsam bewegten wir uns durch den Garten, der nach spät blühenden Blumen und sonnenbeschienenem Obst duftete – wir passierten das Tor, auf das ich so oft vom Sessel aus gestarrt hatte, und befanden uns im betriebsamen Weinberg. Große Körbe, die schon fast bis oben hin voll mit roten oder weißen Trauben waren, standen auf dem Gras. Der Wein, der aus ihnen bereitet wurde, mundete meinem Gaumen überhaupt nicht; denn der beste Rheinwein wird aus einer kleineren Frucht hergestellt, die in dichteren, festeren Trauben wächst; doch die größere und weniger einträgliche Frucht ist in ihrer Wuchsform bei Weitem schöner anzusehen und eignet sich obendrein viel besser zum Verzehr. Auf Schritt und Tritt hatten wir duftende zertretene Weinblätter unter unseren Füßen; jeder, den wir sahen, hatte Flecken von weinrotem Saft an Händen und Gesicht. Bald ließ ich mich auf einem sonnigen Stückchen Wiese nieder, und mein Wirt ließ mich zurück und setzte seinen Weg fort, um nach den weiter entfernten Weingärten zu sehen. Ich beobachtete sein Vorankommen. Nachdem er mich verlassen hatte, zog er Jacke und Weste aus, sodass sein schneeweißes Hemd und seine fröhlich bunten Hosenträger zum Vorschein kamen; und kurz darauf war er so fleißig wie jeder andere. Ich sah auf das Dorf hinunter; die grauen und orangefarbenen und ziegelroten Dächer lagen glühend in der Mittagssonne. Ich konnte in die Straßen hineinsehen, aber sie waren alle leer – sogar die alten Leute mühten sich den Hang hinauf, um sich an dem allgemeinen Fest zu beteiligen. Lottchen hatte ein kaltes Mittagessen für ein ganzes Regiment hinaufgebracht; jeder kam herbei und bediente sich daran. Thekla war da, führte die kleine Karoline und half den tapsigen Schritten von Max; doch sie hielt sich von mir fern; denn ich wusste oder vermutete zu viel oder hatte zu viel nachgeforscht. Sie war die Einzige, die traurig und ernst aussah und so wenig redete – selbst mit ihren Freunden – dass offensichtlich war, dass sie versuchte, sich schließlich von dem Ort zu lösen. Aber ich konnte erkennen, dass sie ihre kurz angebundene, trotzige Art abgelegt hatte. Was sie sagte, sagte sie freundlich und sanft. Das Fräulein kam am späten Morgen heraus – wie ich annehme, nach der neuesten Wormser Mode gekleidet – ganz anders als alles, was ich bis dato gesehen hatte. Sie kam zu mir und sprach eine Weile sehr liebenswürdig mit mir.

»Hier kommen der Eigentümer (der Junker) und seine Gemahlin und ihre lieben Kinder. Sehen Sie: die Traubenleser haben einige der besten Trauben an einen Stock gebunden, der so schwer ist, dass ihn die Kinder nicht tragen können – und noch nicht einmal die Dame. – Schauen Sie! Schauen Sie, wie er sich verbeugt! Man sieht, dass er ein Gesandter in Wien war. Das ist die Art, wie man sich dort am Hof verbeugt: man hält den Hut vor sich nach unten und beugt den Rücken im rechten Winkel. Wie anmutig! Und hier ist der Arzt! Ich dachte mir, dass er sich die Zeit nehmen würde, heraufzukommen. Nun, Herr Doktor, Sie werden umso fröhlicher zu Ihrem nächsten Patienten gehen, nachdem Sie hier oben in den Weinbergen waren. Es ist Unsinn, dass Ihnen die Trauben weitere Patienten bringen werden. Ah, hier ist der Pfarrer mit seiner Frau und dem Fräulein Anna. Ich frage mich, wo mein Bruder ist? Zweifellos im oberen Weinberg. Herr Pfarrer, die Aussicht ist oben viel schöner als hier, und dort wachsen auch die besten Trauben. Soll ich Sie und Ihre Gattin und das liebe Fräulein begleiten? Der Herr möge mich entschuldigen!«

Man ließ mich allein. Kurz darauf kam mir der Gedanke, ein wenig weiter zu gehen oder zumindest eine andere Position einzunehmen. Ich folgte einer Biegung des Wegs und fand Thekla dort, die über den schlafenden kleinen Max wachte. Er lag auf ihrem Schultertuch; und über seinem Kopf hatte sie einen gewölbten Baldachin aus abgebrochenen Weinzweigen errichtet, sodass die großen Blätter ihren kühlen, tanzenden Schatten auf sein Gesicht warfen. Er war überall mit Traubensaft verschmiert, und seine kräftigen Fingerchen hielten sogar im Schlaf noch ein halb gegessenes Traubenbündel fest. Thekla sorgte dafür, dass Lina ruhig war, indem sie ihr beibrachte, wie sie sich einen Kranz aus Feldblumen und herbstlich verfärbten Blättern flechten konnte. Die Magd saß mit dem Rücken zum jenseitigen Tal auf dem Boden, das Kind kniete neben ihr und beobachtete die fleißigen Finger mit begieriger Aufmerksamkeit. Beide sahen hoch, als ich mich näherte, und wir wechselten ein paar Worte.

»Wo ist der Wirt?« fragte ich. »Ich habe ihm versprochen, auf seine Rückkehr zu warten; er wollte mich mit dem Arm stützen, wenn ich die hölzernen Stufen hinuntergehe; aber ich sehe ihn nicht.«

»Er ist im oberen Weinberg«, sagte Thekla ruhig, aber ohne in jene Richtung zu schauen. »Er wird einige Zeit dort bleiben, denke ich. Er ist mit dem Pfarrer und seiner Frau hochgegangen; er wird mit seinen Arbeitern und seinen Freunden sprechen müssen. Mein Arm ist stark, und ich kann Max für fünf Minuten in Linas Obhut lassen. Wenn Sie müde sind und wieder ins Haus gehen möchten, lassen Sie mich Ihnen die Stufen hinunterhelfen; sie sind steil und rutschig.«

Ich hatte mich umgedreht, um talaufwärts zu schauen. In ein- bis zweihundert Metern Entfernung[6] gingen im oberen Weinberg der ehrwürdige Pfarrer und seine traute schickliche Frau. Dahinter kam im kurzärmeligen Sonntagskleid das Fräulein Anna, das anmutig einen Sonnenschirm über sein üppiges braunes Haar hielt. Dicht hinter ihm folgte Herr Müller, der jetzt anhielt, um mit seinen Leuten zu sprechen – und dann wieder, um einige Trauben zu pflücken und sie an den Stock des Fräuleins zu binden. Und zu meinen Füßen saß die stolze Dienstmagd in ihrem ländlichen Kleid und wartete mit aufwärts gerichtetem, ernstem Blick und traurigem, gefasstem Gesicht auf meine Antwort.

»Nein, ich bin Ihnen sehr verbunden, Thekla; und wenn ich mich nicht so stark fühlen würde, hätte ich Ihren Arm dankbar angenommen. Aber ich wollte dem Wirt lediglich eine Nachricht hinterlassen, nur damit er weiß, dass ich heimgegangen bin.«

»Lina wird sie ihrem Vater ausrichten, wenn er hinunterkommt«, sagte Thekla.

Ich ging langsam hinunter zum Garten. Die große Arbeit des Tages war vollbracht, und der jüngere Teil der Einwohner war ins Dorf zurückgekehrt und bereitete das Feuerwerk und das Pistolenschießen für den Abend vor. In der Nähe der Weinbergpforte standen bereits ein oder zwei jener bekannten deutschen Karren (in der Form eines V), deren geduldige Ochsen friedlich warteten, während ein Korb voller Trauben nach dem anderen in den mit Blättern ausgelegten Behälter entleert wurde.

Als ich mich nahe der offenen Terrassentür, durch die ich hereingekommen war, in meinen Sessel setzte, konnte ich sehen, wie die Männer und Frauen am Berghang auf einen Mittelpunkt zustrebten, ihre Kopfbedeckung abnahmen und alle etwa eine Minute lang um den Pfarrer herumstanden. Ich vermutete, dass ein paar Worte heiliger Danksagung gesprochen wurden, und ich wünschte, ich wäre geblieben, um sie zu hören und meine besondere Dankbarkeit dafür auszudrücken, dass ich verschont geblieben war und diesen Tag erleben durfte. Dann hörte ich die Stimmen in der Ferne – die tiefen Töne der Männer, die höheren Register der Frauen und Kinder – das deutsche Erntelied[7] singen, das im Allgemeinen bei solchen Gelegenheiten angestimmt wird; dann Stille, während ich folgerte, dass der Pfarrer, der die Arme ausgebreitet hatte, einen Segen sprach; und dann zerstreuten sie sich wieder, einige in Richtung des Dorfes, andere, um ihre Arbeit zwischen den Reben für den Tag abzuschließen. Ich sah Thekla mit Max in ihren Armen durch den Garten kommen, während sich Lina an ihren Wollrock klammerte. Thekla kam auf meine offene Terrassentür zu;

das war der bei Weitem kürzere Weg ins Haus als außen herum durch die Eingangstür.

»Ich darf doch sicher durchgehen?« fragte sie sanft. »Ich fürchte, Max geht es nicht gut; ich werde aus seinem Aussehen nicht schlau, und er ist so seltsam aufgewacht!« Sie blieb stehen, um mir das Gesicht des Kindes zu zeigen; es war so gerötet, dass es ganz heiß aussah, und Max atmete schwer und unruhig; seine Augen waren halb geöffnet und verschleiert.

»Ich bin mir sicher, dass etwas nicht in Ordnung ist«, sagte ich. »Ich kenne mich überhaupt nicht mit Kindern aus, aber er ist so ganz anders als sonst.«

Sie beugte sich hinab und küsste die Wange so zärtlich, dass sie ein Rosenblütenblatt nicht versehrt hätte. »Mein kleiner Liebling«, murmelte sie. Als sie ihn berührte, zitterte er am ganzen Leib, bewegte seine Finger auf unnatürliche Weise und wurde schließlich von einem krampfhaften Zucken durchfahren. Lina begann zu weinen, als sie den besorgten, ernsten Blick auf unseren Gesichtern sah.

»Sie sollten besser das Fräulein rufen, damit es ihn sich ansieht«, sagte ich. »Ich habe das sichere Gefühl, dass er einen Arzt braucht; ich würde sagen, dass er einen Anfall bekommt.«

»Das Fräulein und der Herr sind zum Kaffeetrinken zum Pfarrer gegangen, und Lottchen ist im oberen Weinberg und bringt den Männern ihr Brot und Bier. Könnten Sie das Küchenmädchen holen – oder den alten Karl? Ich denke, er wird im Stall sein. Ich darf keine Zeit verlieren.«

Beinahe ohne meine Antwort abzuwarten, hatte sie den Raum durchquert; und in dem leeren Haus konnte ich hören, wie ihre festen, behutsamen Schritte die Treppe hinaufgingen, wie Lina neben ihr trippelte und wie die eine Stimme heulte, während ihr die andere leisen Trost zusprach.

Ich war ziemlich müde, aber diese gute Familie hatte mich zu sehr wie einen der ihren behandelt, als dass ich in einem solchen Fall nicht getan hätte, was ich konnte. Ich begab mich auf die Straße hinaus – zum ersten Mal, seit ich an jenem denkwürdigen Abend vor sechs Wochen am Haus angekommen war. Ich überredete den ersten Menschen, der mir begegnete, dazu, mich zum Haus des Arztes zu führen, sandte diesen direkt zum »Halben Mond« hinunter und blieb nicht, um mir die Strafpredigt anzuhören, die er mir zu halten begann; dann weiter zur Pfarrei, um dem Wirt und dem Fräulein zu berichten, was bei ihnen zu Hause geschah.

Es tat mir leid, in ein so festliches Zimmer wie das des Pfarrers schlechte Neuigkeiten zu bringen. Da saßen sie und ruhten sich nach der Hitze und den Anstrengungen aus, jeder in seiner besten Festtagskleidung; der Tisch war vollgestellt mit Dickmilch, Kartoffelsalat, Kuchen verschiedener Formen und Arten – all den Köstlichkeiten, die dem deutschen Gaumen munden. Der Pfarrer sprach gerade mit Herrn Müller, der nahe bei dem hübschen jungen Fräulein Anna stand – mit ihrer frischen weißen Chemisette[8], ihren rundlichen weißen Armen und ihrem jugendlichen, koketten Benehmen – wie sie sich anschickte, den Kaffee einzuschenken; unser Fräulein unterhielt sich eifrig mit der Frau Mama; die jüngeren Mädchen und Jungen der Familie füllten das Zimmer. Ein Gespenst hätte die versammelte Gesellschaft weniger erschreckt als ich und wäre wahrscheinlich willkommener gewesen – angesichts der Neuigkeiten, die ich überbrachte. Während er mir zuhörte, ergriff der Wirt seinen Hut und machte sich ohne ein Wort der Entschuldigung oder des Abschieds auf den Weg. Unser Fräulein machte das für sie beide wieder gut und befragte mich ausgiebig; aber, wie ich sehen konnte, hatte sie es jetzt eilig zu gehen, obwohl ihre guten Manieren sie zurückhielten, und die gutherzige

Frau Pfarrer stellte es ihr bald frei, ihrer Neigung zu folgen. Was mich anging, so war ich völlig erschöpft und gab nur zu gern der dringlichen Bitte des gastfreundlichen Paares nach, ich solle bleiben und mit ihnen zusammen essen. Kurz darauf kamen weitere Persönlichkeiten des Dorfes herein und enthoben mich der Mühe, mit wildfremden Menschen eine Unterhaltung auf Deutsch über rein gar nichts zu führen. Das Gesicht des hübschen Fräuleins hatte sich in Anbetracht von Herrn Müllers plötzlichem Aufbruch ein wenig verfinstert; doch es dauerte nicht lange, bis sie wieder bester Dinge war und ihre Brüder persönlich jagte und rasch ein wenig tadelte, wenn sie etwas von den ihr anvertrauten Köstlichkeiten stibitzten. Nachdem ich mich gebührend ausgeruht und gestärkt hatte, verabschiedete ich mich; denn auch ich hatte meine stilleren Befürchtungen wegen des Kummers in der Familie Müller.

Die Einzige, die ich im »Halben Mond« zu sehen bekam, war Lottchen; alle anderen waren mit dem armen kleinen Max beschäftigt, der einen Anfall nach dem anderen bekam. Ich sagte Lottchen, sie solle den Arzt bitten, hereinzukommen und mit mir zu sprechen, ehe er sich für die Nacht verabschieden würde, und so müde ich auch war, blieb ich bis nach seinem Besuch auf, obwohl es sehr spät war, als er zu mir kam; ich konnte an seinem Gesicht ablesen, wie besorgt er war. Er wollte mir nicht sagen, welche Chancen das Kind auf eine Genesung hatte, woraus ich schloss, dass er nicht viel Hoffnung hatte. Doch als ich meiner Befürchtung Ausdruck gab, schnitt er mir das Wort ab.

»Die Wahrheit ist, dass Sie nichts darüber wissen; und ich im Grunde genauso wenig. Es genügt, um jeden Mann auf die Probe zu stellen – erst recht einen Vater – sein ständiges Stöhnen zu hören – nicht, dass er sich der Schmerzen bewusst wäre, der arme kleine Wurm; aber wenn sie für einen Augenblick damit aufhört, ihn fortwährend hin- und herzutragen, klagt er so mitleiderregend, dass es ausreicht – ausreicht, einen Mann dazu zu bringen, den Herrn dafür zu preisen, dass er ihn nie in die Falle der Ehe geführt hat. Den Vater da oben zu sehen, wie er ihr folgt, während sie im Zimmer auf- und abgeht, den Kopf des Kindes über ihrer Schulter, und wie Müller versucht, die schweren Äuglein dazu zu bewegen, die vertrauten alten Spiele zu erkennen – und die zirpenden Laute, die er vor lauter Weinen kaum hervorbringen kann – ich werde morgen früh hier sein, aber vorher wird entweder das Leben oder der Tod gekommen sein – ohne die Hilfe des alten Arztes.«

Die ganze Nacht hindurch träumte ich meinen fieberhaften Traum – vom Weinberg – von den Karren, die statt der Körbe mit Trauben kleine Särge enthielten – von der Pfarrerstochter, die Thekla das sterbende Kind aus den Armen nahm; es war eine schlimme, beschwerliche Nacht! Ich schlief bis in den Vormittag hinein; das helle Licht des Tages erfüllte mein Zimmer, und doch war noch niemand in der Nähe gewesen, um mich zu wecken! Bedeutete dies Leben oder Tod? Ich stand auf und zog mich an, so schnell ich konnte; denn mir tat alles weh von der Erschöpfung des vorigen Tages. Hinaus ins Wohnzimmer: der Tisch war für das Frühstück gedeckt, aber es war niemand dort. Ich ging in den dahinterliegenden Teil des Hauses durch, die Treppe hinauf, blindlings nach dem Zimmer suchend, in dem ich erfahren konnte, ob es Leben oder Tod war. Vor der Tür eines Zimmers fand ich das weinende Lottchen; als sie mich an diesem ungewohnten Ort erblickte, erschrak sie und hob zu einer Art Entschuldigung an, die sowohl von Tränen als auch ab und zu von einem Lächeln unterbrochen wurde, während sie mir erzählte, dass der Arzt gesagt habe, die Gefahr sei vorüber – vorbei, und dass Max sanft und friedlich in

Theklas Armen schlummere – Armen, die ihn die liebe lange Nacht hindurch gehalten hätten.

»Sehen Sie ihn sich an, mein Herr! Aber gehen Sie leise hinein! Es ist eine Freude, das Kind heute zu sehen. Gehen Sie leise!«

Sie öffnete die Kammertür. Ich konnte sehen, wie Thekla, gestützt von Kissen und Schemeln, dasaß, ihre schwere Bürde trug und sich mit dem Ausdruck zärtlichster Liebe über ihn beugte. Nicht weit von ihr stand das Fräulein, ganz aufgelöst und in Tränen, das eine heiße Suppe umrührte oder würzte, während der Wirt ungeduldig daneben stand. Sobald die Suppe genügend abgekühlt oder gewürzt war, nahm er die Schale, ging zu Thekla und sagte sehr leise etwas; sie hob den Kopf, und ich konnte ihr Gesicht sehen – blass, erschöpft vom Aufbleiben, doch mit einem sanften, friedlichen Blick, den es seit Wochen nicht an den Tag gelegt hatte. Fritz Müller fing an, sie zu füttern, denn ihre Hände waren damit beschäftigt, sein Kind zu halten; das erinnerte mich unwillkürlich daran, wie hübsch Mrs. Inchbald in ihrem Roman die Besorgnis beschreibt, mit welcher Dorritforth Miss Milner füttert; sie vergleicht sie – wenn ich mich recht entsinne – mit der eines weichherzigen Jungen, der sich um seinen geliebten Vogel kümmert, dessen Verlust ihm die ganze Freude seiner Ferien vergällen würde[9]. Wir machten die Tür lautlos wieder zu, um das schlafende Kind nicht zu wecken. Lottchen brachte mir meinen Kaffee und mein Brot; sie war beim geringsten Anlass bereit, zu lachen oder zu weinen. Ich konnte nicht sagen, ob in unschuldiger oder böser Absicht. Sie stellte mir die folgende Frage: »Glauben Sie, dass Thekla heute weggeht, mein Herr?«

Am Nachmittag hörte ich Theklas Schritte hinter meiner improvisierten Abschirmung. Ich kannte sie nur zu gut. Thekla hielt einen Moment an, bevor sie in meinem Blickfeld erschien. Sie versuchte, so gefasst wie immer auszusehen, aber vielleicht weil ihre starken Nerven durch ihre Nachtwache erschüttert worden waren, konnte sie es nicht verhindern, dass sich an ihren Mundwinkeln angedeutete Grübchen zeigten, und ihre Augen waren vor etwaigen forschenden Blicken durch ihre gesenkten Augenlider verhüllt.

»Ich dachte, Sie würden gern wissen, dass der Arzt sagt, Max sei jetzt ganz außer Gefahr. Er braucht nur noch Pflege.«

»Danke, Thekla! Doktor Wiedermann ist heute Nachmittag schon hereingekommen, um mir das zu sagen, und ich bin heilfroh.«

Sie ging zur Terrassentür und sah für einen Moment hinaus. Auch heute waren wieder viele Menschen in den Weinbergen; obgleich wir ihnen – in unserer häuslichen Aufregung – nur wenig Beachtung geschenkt hatten. Plötzlich drehte sie sich der Mitte des Raumes zu, und ich sah, dass ihr Gesicht hochrot war. Einen Augenblick später kam Herr Müller durch die Terrassentür herein.

»Hat sie es Ihnen gesagt?« fragte er, während er von ihrer Hand Besitz ergriff und vor Freude strahlte. »Hast du es unserem guten Freund gesagt?« wandte er sich an sie.

»Nein. Ich wollte es ihm sagen, aber ich wusste nicht, wie ich anfangen sollte.«

»Dann werde ich dir soufflieren. Sprich mir nach: ›Ich bin eine eigensinnige, unvernünftige Frau gewesen –‹«

Sie entwand ihm ihre Hand und musste ein wenig lachen. »Ich *bin* eine unvernünftige Frau, denn ich habe ihm versprochen, ihn zu heiraten. Aber er ist ein noch unvernünftigerer Mann, denn er hat den *Wunsch*, mich zu heiraten. So würde ich es sagen.«

»Und ich habe Babette mit dem Pfarrer nach Frankfurt geschickt. Er geht dort hin und wird Frau von Schmidt alles erklären; und Babette wird ihr eine Zeit lang dienen. Wenn es Max gut genug geht, um die Luftveränderung zu bekommen, die der Arzt ihm verordnet, sollst du ihn nach Altenahr mitnehmen, und ich werde auch dorthin gehen, damit mich deine Leute und dein Vater kennenlernen. Und noch vor Weihnachten soll der Gentleman hier auf unserer Hochzeit tanzen.«

»Ich muss heim nach England, liebe Freunde, noch ehe viele Tage um sind. Vielleicht können wir bis Remagen zusammen reisen. In einem der nächsten Jahre werde ich nach Heppenheim zurückkehren und Sie besuchen.«

Es geschah so, wie ich es geplant hatte. Wir verließen Heppenheim alle zusammen bei herrlichem Wetter an Allerheiligen. Am Tag davor – an Allerseelen – hatte ich zugesehen, wie Fritz und Thekla die kleine Lina den Gottesacker, den Friedhof, hinaufgeführt hatten, um den Kranz aus Immortellen[10] an das Grab ihrer Mutter zu hängen. Friede sei mit den Toten und den Lebenden!

Schauplatz der Geschichte: Der Gasthof »Halber Mond« in Heppenheim

Die in »Sechs Wochen in Heppenheim« erzählte Handlung hat Elizabeth Gaskell frei erfunden – nicht jedoch den Handlungsort. Das Gasthaus, das sie im Original »Halbmond« nennt, ist unter dem Namen »Halber Mond« bekannt. Auf einer ihrer Reisen nach Heidelberg besuchte die Autorin auch Heppenheim und den Gasthof. Damals muss ihr die Idee zu der Erzählung gekommen sein, die sie vermutlich 1859 zu Papier brachte und die 1862 erstmals im »Cornhill Magazine« veröffentlicht wurde. Es ist erstaunlich, dass dieser Gasthof noch heute existiert und nach umfassenden Renovierungsarbeiten seit 2011 in neuem Glanz erstrahlt. Begeben wir uns einmal auf die Spuren dieses historischen Gebäudes!

Erste Erwähnung fand das Anwesen im 17. Jahrhundert als Gutshof im Besitz der Adelsfamilie derer zu Helmstett. Bereits im Jahr 1617 wurde es als Gasthof genutzt. Durch seine günstige Lage an der Bergstraße florierte der »Halbe Mond« und erlangte überregionale Bekanntheit. Da die Gegend um Heppenheim ein beliebtes Reiseziel des gehobenen Bildungsbürgertums war, wurde der Gasthof in zahlreichen Reiseführern des 19. Jahrhunderts empfohlen. Im Juni 1846 wurde Heppenheim durch die Eröffnung eines Streckenabschnitts der neuen Main-Neckar-Eisenbahn an Frankfurt angebunden. Der Bekanntheitsgrad und die gute Verkehrsanbindung bewogen eine Gruppe liberaler Politiker dazu, den »Halben Mond« als Veranstaltungsort für ein Treffen auszuwählen, das als »Heppenheimer Versammlung« in die Geschichte Deutschlands eingehen sollte. Bei dieser Tagung am 10.10.1847, an der 18 Abgeordnete süd- und westdeutscher Parlamente teilnahmen, stand die Vereinigung der deutschen Fürstentümer zu einem konstitutionellen Nationalstaat im Vordergrund. Einer der Teilnehmer, der Liberale Heinrich von Gagern, wurde später Präsident der Frankfurter Nationalversammlung. Die Veranstaltung wurde zu einem Meilenstein der demokratischen Entwicklung in Deutschland. Dies wiederum nahm die Freie Demokratische Partei 101 Jahre später zum Anlass, ihren Gründungsparteitag in Heppenheim abzuhalten.

Wie aber ging es mit dem »Halben Mond« weiter? Der Gasthof wurde im Laufe der Zeit immer wieder erweitert, bis er im Jahr 1911 durch einen Brand zerstört wurde. Karl-Michael Seibert ließ ihn bald darauf nach Plänen des Architekten Heinrich Metzendorf neu aufbauen. Das Gebäude erhielt neben einem neuen Eingang und Treppenhaus auch unterirdische Stellplätze für Autos. Seibert starb 1940. Im Zweiten Weltkrieg wurde das Gebäude vom Roten Kreuz genutzt. Nach dem Krieg zog der Verlag Hoppenstedt für einige Jahre hier ein, da seine Räumlichkeiten in Darmstadt ausgebombt worden waren. In der Folgezeit bewirtschafteten verschiedene Wirte den Gasthof, bis er in den 70-er Jahren von der Stadt Heppenheim erworben und 1975 als Bürgerhaus eingeweiht wurde.

Ab 2008 wurde der »Halbe Mond« von der Investorenfamilie Streit sorgfältig restauriert. Seit Juni 2011 steht er den Besuchern wieder offen. Er ist heute ein Event- und Tagungshotel mit 22 Zimmern und modernster Ausstattung. Die gastronomisch genutzten Räumlichkeiten umfassen ein Restaurant, die Smokers Lounge, einen großen Biergarten und nicht zuletzt einen Gewölbekeller. In den Gewölben befinden sich eine Kleinkunstbühne und das Fondue-Restaurant »Cha da fö«. Als Besonderheit stellt der »Halbe Mond« eigene Biere, Brände und Liköre her.

Wenn das Haus tatsächlich seit 1617 gastronomisch genutzt wird, kann es im Jahr 2017 auf eine 400-jährige Tradition als Gasthof zurückblicken.

Heppenheim, die romantische Kreis-, Wein- und Festspielstadt an der Bergstraße

Heppenheim, die heute rund 25.000 Einwohner zählende Kreisstadt des Kreises Bergstraße, liegt nur wenige Autokilometer von den Zentren Rhein/Main/Neckar entfernt und ist sowohl über gut ausgebaute Autobahnen als auch über malerische Landstraßen oder mit der Bahn bequem erreichbar.

Wer durch Heppenheims Altstadt wandert, kann Geschichte förmlich atmen: Mittelalterliches Fachwerk, romantische Altstadtgässchen und idyllische Plätze prägen das Bild der Kreisstadt. Der Ort wurde bereits 755 im Kodex des Klosters Lorsch erwähnt. Viele Zeitzeugen, wie das Rathaus von 1551, die Liebig-Apotheke, in der Justus Liebig einen Teil seiner Lehrzeit verbrachte, der imposante »Dom der Bergstraße« und der Kurmainzer Amtshof aus dem Jahre 1300, erzählen von einer bewegten Vergangenheit.

Auf dem 294 m hohen Schlossberg thront die Ruine Starkenburg, deren Geschichte eng mit dem Kloster Lorsch verknüpft ist. In ihrer Urform wurde die Burg im Jahr 1065 errichtet. Nach zahlreichen Belagerungen und wenigen Eroberungen wurde sie 1765 zum Abbruch freigegeben, aber bereits 1787 durch den Erzbischof von Mainz vor weiterer Zerstörung geschützt.

Schon die Römer schätzten den Reiz der Bergstraße. Waren sie es doch, die die ersten Weinstöcke pflanzten und die »Strata Montana« anlegten. Der Weinanbau spielt seitdem an der Bergstraße und insbesondere in Heppenheim eine bedeutende Rolle. Die geschützten Weinlagen an den Süd- und Westhängen des Odenwalds bieten hervorragende Bedingungen für einen hochwertigen Qualitätsweinanbau im kleinsten Weinanbaugebiet Deutschlands.

»Hier fängt Deutschland an, Italien zu werden«, soll Kaiser Josef II. auf der Rückreise von seiner Krönung zum deutschen Kaiser in Frankfurt beim Anblick der Blütenpracht der Bergstraße ausgerufen haben. Kein Wunder, blühen im Frühling doch die Mandel-, Pfirsich- und Aprikosenbäume, Forsythien, Magnolien und der Rhododendron um die Wette. Im Herbst ist die Farbenpracht ebenso überwältigend: Rot-, Grün- und Gelbtöne in allen Facetten prägen dann das Bild der Weinlandschaft.

Als geschichtliche Höhepunkte zählen u. a. die Heppenheimer Versammlung im noch heute bestehenden Gasthaus »Halber Mond«, die als Meilenstein auf dem Weg zur Nationalversammlung 1848 in der Paulskirche gilt, sowie die Gründung der FDP 1948.

Nahe der Altstadt befindet sich außerdem das Martin-Buber-Haus, in dem der Religionsphilosoph mit seiner Familie von 1916 bis zu seiner Emigration 1938 lebte. Heute ist das Martin-Buber-Haus Sitz des internationalen Rates der Christen und Juden und beherbergt eine kleine Ausstellung über Martin Buber.

Neben einem Besuch der malerischen Heppenheimer Altstadt gilt als besonderer Tipp die Entdeckung des Laternenweges: Mehr als 150 Scherenschnitte des Künstlers Albert Völkl leuchten aus den Straßenlaternen der Altstadt herab – und alle zeigen hessische Sagen. Zwischen Mai und September geht es samstagabends dann »sagenhaft« zu in Heppenheim. Mittelalterlich gekleidete Gestalten mit Laterne und Leiter treffen auf dem Marktplatz ein und geleiten die versammelten Gäste entlang des Laternenpanoramas. Erzählt werden Geschichten aus längst vergangener Zeit: von Riesinnen, Wichteln und von unerlösten Rittern.

Auch Aktive sind in Heppenheim gut aufgehoben, denn auf gut markierten Wander- und Radwanderwegen im Unesco Geopark Bergstraße-Odenwald kann man die Region zu Fuß oder mit dem Fahrrad naturnah erleben. Ein besonderes Highlight ist der »Erlebnispfad Wein und Stein«: Auf einer Gesamtstrecke von 6,9 km (Abkürzungen möglich) kann man hier an rund 70 Stationen Wissenswertes zu den Themen Wein, Rebsorten, Geologie, Klima, Geschichte, Lebenskultur, Flora und Fauna der Region erfahren.

Im Sommer ist Heppenheim Festivalstadt! Los geht es mit dem »Bergsträßer Weinmarkt«. In der letzten Juni- und der ersten Juliwoche locken Weinstände, Weingondeln, Weinproben und Live-Musik jeden Tag auf den Marktplatz und in die umliegenden Gassen. Wenige Tage später sind Straßenkünstler aus aller Welt in Heppenheim zu Gast. Zum internationalen Straßentheaterfestival »Gassensensationen« kommen jedes Jahr rund 25.000 Besucher zu über 35 kostenfreien Veranstaltungen in die historische Altstadt. Von Comedy über Akrobatik bis hin zum Figurentheater wird seit 1993 für jeden Geschmack und jedes Alter etwas geboten. Da nach dem Festival vor dem Festival ist, beginnen bereits jeweils Ende Juli die »Heppenheimer Festspiele« im Kurmainzer Amtshof. Wie zu Shakespeares Zeiten sitzen die Gäste auf Bänken und genießen die Darbietungen der Schauspieler und den viel gelobten Bergsträßer Wein.

Mit rund 85 Hotels, Pensionen und Ferienwohnungen bietet Heppenheim für jeden Geldbeutel und Komfortanspruch die richtige Übernachtungsmöglichkeit.

Text: Tourismus-Information der Kreisstadt Heppenheim
Weitere Informationen auf www.heppenheim.de.

Quellenverzeichnis

- Gérin, Winifred: Elizabeth Gaskell – A Biography by Winifred Gérin. Oxford University Press, London, 1976, ISBN 0 19 812070 2
- Koustinoudi, Anna: The Split Subject of Narration in Elizabeth Gaskell's First-Person Fiction. Lexington Books, Plymouth, 2012, ISBN 978-0-7391-6608-6
- https://www.halber-mond.com/images/HaMo_broschuere_web.pdf, »Halber Mond, Heppenheim« (abgerufen am 23.05.2016 16:02 Uhr)
- https://www.halber-mond.com/ueber-mond/geschichte.html, »Geschichte« (abgerufen am 23.05.2016 18:37 Uhr)
- http://www.morgenweb.de/region/bergstrasser-anzeiger/heppenheim/heute-eroffnet-der-halbe-mond-1.200458, »Heute eröffnet der ›Halbe Mond‹«, Archiv-Artikel aus dem Bergsträßer Anzeiger vom Samstag, 11.06.2011 (abgerufen am 25.05.2016 10:16 Uhr)
- https://de.wikipedia.org/wiki/Heppenheimer_Tagung, »Heppenheimer Tagung« (abgerufen am 24.05.2016 09:35 Uhr)
- https://de.wikipedia.org/wiki/Main-Neckar-Eisenbahn, »Main-Neckar-Eisenbahn« (abgerufen am 24.05.2016 10:11 Uhr)
- Umschlagfoto mit freundlicher Genehmigung des Museums für Stadtgeschichte und Volkskunde, Heppenheim an der Bergstraße

Verzeichnis der Anmerkungen

1 *Raucherkappe* (Seite 29): oft mit einer Quaste verzierte und aufwändig bestickte zylindrische Kappe, die Herren im 19. Jahrhundert zum Rauchen trugen
2 *Kirche* (Seite 30): Die Kirche St. Peter in Heppenheim wird wegen ihrer Größe im Volksmund auch »Dom der Bergstraße« genannt, obwohl sie nie Bischofssitz war. Der heutige Bau stammt aus dem Jahr 1904. Jedoch wird eine dem Heiligen Peter gewidmete Kirche bereits in einer Urkunde aus dem Jahr 755 erwähnt. Einen direkten Bezug zu Karl dem Großen (747 oder 748-814) gibt es nicht. Es ist lediglich so, dass die Mark Heppenheim aufgrund einer Schenkung Karls des Großen 773 in den Besitz des Klosters Lorsch überging.
3 *Edeltrauben* (Seite 34): in früherer Zeit nannte man drei weiße und drei rote Rebsorten edel, weil man glaubte, dass ihre Qualität unabhängig vom Anbaugebiet sei; dies waren Sauvignon Blanc, Riesling, Chardonnay sowie Pinot Noir, Cabernet Sauvignon und Merlot
4 *Ankündigung* (Seite 45): während man heute zum Einwohnermeldeamt geht, meldeten sich Bürger früher bei der Polizei an und ab, wenn sie den Wohnort wechselten
5 *»Mir scheint, die Dame bekennt zu viel«* (Seite 50): Abwandlung eines Zitats aus der 2. Szene des III. Aktes von William Shakespeares »Hamlet«, wo es heißt: »Die Dame beteuert zu viel, scheint mir.«; in der vorliegenden Erzählung spielt der Ich-Erzähler darauf an, dass Thekla sich mit ihrer Lobrede auf die neue Stelle in Frankfurt über den Abschiedsschmerz hinwegtrösten möchte
6 *in ein- bis zweihundert Metern Entfernung* (Seite 55): im Original beträgt die Entfernung »three or four hundred yards«, was umgerechnet mindestens 275 Meter wären; nach Meinung der Übersetzerin wäre dies eine zu große Distanz, um die im Text aufgeführten Details zu beobachten

7 *Erntelied* (Seite 56): der deutsche Text wurde im Original als Endnote wie folgt ergänzt:
Wir pflügen und wir streuen
Den Samen auf das Land;
Das Wachsen und Gedeihen
Steht in des Höchsten Hand.
Er sendet Tau und Regen,
Und Sonn- und Mondenschein;
Von Ihm kommt aller Segen,
Von unserm Gott allein:
Alle gute Gabe kommt her
Von Gott, dem Herrn,
Drum dankt und hofft auf Ihn.
8 *Chemisette* (Seite 58): das Dekolleté bedeckender, blusenartiger Einsatz aus leichtem, hellem Stoff an Damenkleidern
9 *Roman von Mrs. Inchbald* (Seite 61): Gaskell spielt hier auf den Roman »A Simple Story« der englischen Autorin und Schauspielerin Elizabeth Inchbald (1753-1821) an; Dorritforth ist darin ein katholischer Priester, der sich nach dem Tod seines Freundes Mr. Milner um dessen verwaiste Tochter kümmert
10 *Immortellen* (Seite 63): Blumen verschiedener Arten, die getrocknet sehr lange haltbar sind und daher für dekorative Zwecke verwendet werden